연애

緣
愛

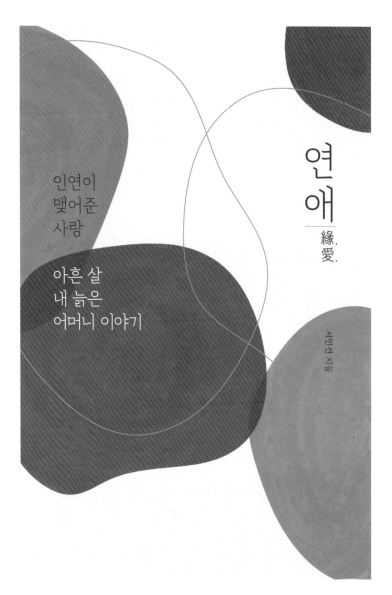

인연이
맺어준
사랑

아흔 살
내 늙은
어머니 이야기

연애

縁.
愛.

서민선 지음

머메이드

목차

•

•

3장 • 어머니에게서 시대가 보인다

4장 • 어머니의, 나의, 우리의 노년

5장 • 우리들의 말

내가 시어머니에 대하여 쓰게 된 이유

호모 검색러인 나는 뭐든지 검색엔진에 검색하는 버릇이 있다. 지도 찾기나 기기 사용 방법, 맛집 검색은 물론 얼마 전부터는 시시콜콜한 것까지 다 검색해 보고 있다. 최근 검색어는 '요양 병원 명절 외출'이었다. 어떤 검색 결과여도 좋다. 나는 다만, 내 고민을 받아 주는 공간이 있어 참 다행이라 생각한다.

결혼할 때 내 시어머니는 75세였다. 결혼 전 상견례 때 처음 뵈었던 그분은 키는 작지만 고집 있고 강단 있어 보였다. 예쁨받고 싶었다. 아마 나도 수신지 작가의 웹툰처럼 '며느라기'를 겪은 듯하다. 만나는 횟수가 많아질수록, 해가 갈수록 사람이니까 정이 들었고, 어머니의 연세가 많아질수록 측은지심이 더해졌고, 잘해 드리고 싶었다. 예쁨받았다. 어머니가 볼 때 나는 아주 나이가 어렸고, 큰손녀랑 별반 나이 차이가 없었으니까 기대하는 것도 없으셨고 아무것도 못 한다 생각하셨다.

하지만 어느 집안이나 그렇듯이 갈등이 생겼다. 그렇지만 어머니와 나는 싸워 가며, 화해해 가며 살 수 없었다. 그러기에 우리는 나이 차가 너무 많이 났다.

어느 해인가 어머니께서 허리뼈가 부러져 병원에 누우신 후로는 급격히 귀도 어두워지셨다. 그러고 있는 사이 세월은 훌쩍 지나 버렸고 나에겐 원망이 쌓여 갔다. 물론 이번 생에는 어머니와 그 갈등을 풀 수 없으리란 걸 잘 안다. 원망은 나만 쌓았기 때문이다.

누구에게도 말하기 어렵고, 말하고 나면 시원하기는커녕 더 찝찝해지는 그런 에피소드와 감정들이 쌓여만 갔다. 나에게 그런 마음이 있다는 것에 절망했고, 현명하지 못한 나에게 실망했고, 동시에 왜 나는 현명해야만 하는가 반발했고, 노력했음에도 불구하고 왜 사랑받지 못할까 비관했다.

여성학자이자 정신건강학과 전문의인 정혜신 작가의《당신이 옳다》를 보던 어느 날이었다. 모든 것은 그냥 역할 놀이

일 뿐이라고. 많은 새댁들이 시댁이라는 관계에서 처음 들여다보는 자신의 '지질함' 때문에 너무 아파한다고. 하지만 그냥 역할 놀이일 뿐이고 가장 소중한 것은 자기 자신이고, 그걸 잊지 말라는 내용을 읽었다.

그리고 또 읽었다. 은유 작가의 글에서, 소설가가 아니더라도 반드시 직업으로 글을 쓰는 것이 아니더라도 무언가를 쓴다는 것 자체만으로도 치유의 힘이 있다는 그런 내용이었다. 두 글 모두 내 기억에 의존한 것이니까, 문구가 정확하지는 않을 거다. 하지만 그래서 쓰기 시작했고, 쓰다 보니 나에게는 어머니에 대한 나쁜 기억도 있지만 좋은 기억도 많다는 게 새록새록 떠올랐다. 그리고 어딘가에 말로 부리는 것보다는 글로 부리는 것이 나의 성격에 더 잘 맞았기 때문에, 나는 나의 늙은 어머니에 관하여 쓰기 시작했다.

그렇게 시작한 글쓰기가 십 년째다.

어머니 집에 방문한 어느 날, 글을 모르시는 어머니께서 본인이 일 나간 날 수를 헤아리기 위해 동그라미를 매일 한 개씩 그린 노트를 본 그날, 돌아오는 자동차 속에서 나는 머릿속으로 글을 쓰고 있었다. 그때부터 1년에 두 편, 아니면 세 편씩 어머니에 대한 글을 쌓아 갔는데, 문득 어딘가에 올려서 이 이야기들을 다른 누군가와 함께 하고 싶다는 생각이 들었다. 그때 나는 브런치[1]를 시작했다.

플랫폼에 글을 올리기 전, 시어머니에 대한 글이라는 게 (많이) 망설여졌다. 친정어머니에 대한 글이라면, 고맙고 감사하고 슬픈 글들이 연상되었겠지만 시어머니라면?

힘겨운 며느라기, 수신지 작가의 웹툰 〈며느라기〉 주인공 민사린에 대한 이야기일까. '그럼에도 불구하고' 주체적으로 살고픈, 살아가는, 며느라기 투쟁기일까. 구구절절 곡절이 많지만 결국 해피엔딩으로 끝나는 훈훈한 타협기일까. 나는 시어머니가 너무 좋다는 (보기 드문 또는 부러운) 고백기일까. 아니면 시댁이 싫어서 '시'자가 들어가는 '시금치도 싫어'라고 말하는 통쾌하고 시크한 블랙 코미디일까. 그도 아니면 뭘까. 과연 내 글은 어떤 글이 될까.

글을 쓰며 나는 어떤 긴장감과 말투를 유지해야 하나 종종 고민했다. 어떤 색깔로 글을 써야 읽는 사람들이 자연스럽게 받아들일까. 아니 솔직히, 어떻게 써야 독자들이 계속 읽고 싶어 할까. 별의별 생각을 다 했다. 그리고 왜 나는, 이렇게

---

1 다음(Daum)에서 운영하는 글쓰기 플랫폼으로, 정식 명칭은 카카오브런치다.

조심스럽고 누군가에게는 '시' 한 음절만으로도 마음이 불편해지는 시어머니 이야기가 쓰고 싶어졌을까.

결혼을 하고, 아이를 낳고, 맞벌이를 하고, 이사를 하고, 출장을 가고. 가족 중 누군가가 아프고, 내가 아프고, 크고 작은 사건들이 일어나며 살다 보니 내 일상과 사유들을 쓰고 싶다는 생각을 정말 많이 했다. 어디에라도 좀 써 놓으면 마음이 나아질 것 같은 순간들이 종종 있었는데, 어쨌든 다 쓰지 않고 지나갔다.

하지만 어머니에 대한 글은 기어이 쓰고야 말았다. 그렇게 1933년생 시어머니가, 나의 글쓰기 뮤즈가 되었다. 그리고 글을 쓰면서, 비로소 나는 어머니에 대한 나의 감정이 무엇인지 낱낱이 살펴보게 되었다. 그리고 내가 나 자신이면서 여러 역할을 함께 하느라 힘들었던 것처럼, 어머니 또한 평생 여러 역할을 하며 어느새 나이 90이 되고 만 것이라는 생각이 들었다. 그러다 보니 나는 나도 긍정하고 어머니도 사랑하게 되었다. 글은 혼자 썼지만, 글쓰기로 인해 서로 사랑하게 된 것이다. 아니, 어머니는 늘 그 자리에서 날 사랑하고 계셨는데, 자식인 내가 늦게 깨달은 것인지도 모른다.

가끔 그런 생각도 한다. 어쩌면 이것은 나의 기나긴 착각에서 비롯된 게 아닐까, 나는 그냥 며느리일 뿐인데. 하지만 나는 더 자주 생각한다. 어차피 상상할 거라면, 선의를 상상하겠다고. 호의를 상상하겠다고.

　대부분의 글은 내가 본격적으로 어머니에 대해 쓰기 시작한 최근 3~4년간의 글들인데, 종종 어머니가 창창했던 70대, 조금 덜 늙으셨던 80대 때의 글도 섞여 있다. 어머니께서는 내게 도저히 잊을 수 없는 추억을 1년에 한두 번쯤 만들어 주셨고, 다행히 나는 그런 에피소드들을 잊지 않고 여기저기끄 적어 놨다. 그리고 어머니께서 나이가 많이 들수록 어머니의 젊었던, 덜 늙었던 시절이 그리워져 십 년 전 또는 십오 년 전 이야기를 머릿속에서 불러와 쓴 글들도 있다.

　부디, 글을 읽는 분들께서 혼란이 없기를 바란다.

1장

1933년생 어머니가
내 인생에
들어왔다

나 안전벨트 좀 매 줘라

그즈음의 어머니는 지독한 통증에 시달리고 계셨다.

일주일 사이에 응급실을 여러 번 방문했는데, 병원에서는 해 줄 것이 없다면서 타이레놀을 처방해 돌려보낸 적도 있었다. 그래서 어머니는 갖고 계신 여러 가지 진통제를 돌려가며 드시는 중이었다. 그런데 자식들이 온다니까 그날은 가지고 계신 진통제 중 가장 강한 것을 드셨고, 약에 취해 비몽사몽 어디든지 앉으면 주무셨다. 내 어깨에 기대어, 어디든 앉으면 코까지 골며 주무시는 지경이었다. 그즈음 밤에 잠을 못 주무신 탓도 있었겠고, 진통제에 취한 탓도 있었을 거다. 여름이었는데, 어머니와 한 몸이 돼 대기실에 앉아 있자니 꽤 더웠다. 오른손엔 아이스커피를 들고, 왼손과 어깨로 어머니를 감싸 안고, 우리는 그렇게 한 몸이 돼 진료 순서를 기다렸다. 어머니는 깜빡깜빡 졸다가도 정신만 드시면, 빨리 죽어야 하는데 안 죽어진다고, 너무 사는 게 힘들다고, 아파서 힘들어 죽겠다고 하셨고, 농약 좀 사다가 먹고 죽고 싶다는 말도 반복해서 하셨다.

그날은 신경정신과와 이비인후과를 방문하기로 한 날이었다. 우리에게 익숙하지 않은 지방 소도시는 어디든지 일방통행이었다. 우리 어머니는 병원 1층 정문에서 진료실까지 걸어가기도 힘드신 상황인데, 주차장은 다 멀고 길가에는 차를 세울 수 없는 상황이었다. 그래도 우리는 어쩔 수 없으니, 병원 바로 앞 일방통행 차로에 잠깐 차를 세웠다. 차로가 단 하나였기 때문에, 뒤에서는 정말 자동차 경적 소리가 연달아 울렸다. 할머니가 내리고 계신 것이 보일 텐데, 너무 한다 하는 마음이 들 정도로 바로 뒤차, 그다음 차, 너나 할 것 없이 경적을 울려 댔다. 사거리에 인접해 있는 길가이니 그러는 것이 무리가 아니지 싶기도 했다.

진료를 보고 내려와서도 마찬가지였다. 뒤에서는 빵빵 빵빵 난리인데, 우리 어머니는 나의 부축을 받아 시속 1km의

속도로 걷고 계셨다. 땀을 흘리며 뒤차들에 고개를 크게 숙여 연신 미안하다는 마음의 표시를 하며 어머니를 가까스로 뒷좌석에 태워 드리고 출발했다. 그런데 출발 직후 어머니가 날 불러 말씀하셨다.

"에미야, 나 벨트 매 줘라."

둘 다 진땀을 한 바가지 흘리고 간신히 안도한 직후였지만, 어머니의 그 말에 운전석의 남편은 바로 갓길에 차를 세웠다. 일방통행 도로를 막 벗어난 참이었고, 오늘의 미션(어머니를 모시고 두 곳의 병원 방문 및 진료를 끝내야 한다는)을 썩 잘해 낸 후였으니, 퍽 홀가분했다. 그리고 우리는 어머니의 그 말에 비로소 웃음이 났다. 보통 뒷자리에 앉혀 드릴 때는 벨트를 꼭 매 드리는데, 너무 급한 나머지 내가 깜빡한 것이다.

"안전벨트요, 어머니? 깜빡했어요. 잠시만요, 어머니."

우리는 어머니에게 그런 정신이 있다는 게 놀라웠고, 기특했고, '역시 우리 어머니'라면서 웃었다. 우리가 너무 속없이 크게 웃으며 즐거워했는지, 어머니께서도 민망한 듯 웃으시며 말씀하시기도 했다.

"그게 편해. 벨트를 해야 편해."

"그럼요, 어머니. 벨트를 해야 안정감이 있죠. 제가 너무

급해서 깜빡했어요."

비로소 우리는 함께 웃으며, 더운 여름날 뒷좌석에 어머니를 태우고, 시골길을 달렸다. 룸미러로 보니 어머니는 또 바로 잠이 드셨고, 우리는 오늘의 미션에 관해 이야기하며 마시다 남은 아이스커피를 마셨다.

어머니에 대한 글을 책으로 만들기로 하고, 한 달 넘게 수정하고 보완하고 다시 읽었다. 내가 쓴 글을 내가 다시 읽는데, 종종 눈물이 났다. 꽤 오랫동안 쓴 글인데, 내 글을 다시 읽을 일이 그동안은 별로 없었다. 그런데 책으로 만들기로 했으니, 새로운 눈으로 다시 봐야겠다는 마음가짐으로 읽었다.

그런데 아무래도 나는 내 글을 편하게 읽기 어려울 것 같다. 글을 잘 쓰고 못 쓰고의 문제가 아니라, 그때가 그리워서다. 모든 그리움에는 눈물이 따른다. 몇 번을 다시 읽어야 할까, 그럼 익숙해져서 눈물이 안 나려나. 과거의 어머니를 읽다 보면 현재의 어머니가 떠오르고, 그럼 산소 호흡기를 두 달째 꽂고 계신, 얼굴이 많이 부으신, 반복되는 산소요법에 화가 날 대로 나신 지금의 어머니가 그립고 걱정된다. 꼬리에 꼬리를 물고 이런저런 생각들이 계속 계속, 반복된다.

1933년생 유명 인사, 우리 어머니

●

우리 어머니는 1933년생, 90세(2022년 기준)다. 내가 아는 (살아 있는) 여자 중 가장 나이가 많다. 나의 아이와는 75년 차이가 난다.

내가 결혼할 즈음 내 친구들의 시부모님은 모두 연세가 60세 전후였다. 그때 내 시어머니의 나이는 무려 75세였기 때문에, 내 주위 모든 사람들이 우리 어머니 나이가 '매우 많다'는 것을 인상 깊게 기억했다. 지금 내 친구들의 부모님들 나이는 70~80세 사이다. 그래서 항상 지인들의 머릿속에 우리 어머니는 우리네 할머니, 할아버지 연배로 존재한다.

그래서 그런지 내 주위의 모든 사람들은 잊지 않고 꼭 우리 어머니의 안부를 묻는다.

친정 가족들은 항상 "할머니는 잘 계시니?", 내 친구들은 "시어머니 건강하시지? 올해 연세가?", 이제 내 직장 동료들도 "선생님, 이번 명절에 시어머니 뵈러 가시죠?"라고 하고, 옷가게(할머니 옷 전문) 사장님도 "시어머니 명절 선물 사러 왔구나!"라고 한다.

어머니를 모시고 살지 않는데도 우리 어머니는 이렇게 깊게 내 삶에 스며들었고, 내 지인들에게 이렇게나 존재감이 있다.

가끔 보면 우리 엄마, 아빠에게조차 어머니는 사돈이 아닌 별도의 캐릭터로 존재하는 것 같다. 어머니는 실제로 나의 외할머니와 나이가 같으신데, 외할머니는 한참 전에 돌아가셨다. 그래서 우리 엄마는 사돈의 존재를 그냥 집안의 큰어르신으로 인지하는 것 같다. 자기 딸의 시어머니라고는 한 번도 생각해 본 적 없으신 것 같다. 아프시다 하면 '어쩌냐' 안타까워하시고, 건강해지셨다고 전하면 쾌차하셨음을 기특해하신다('기특하다'는 단어는 어린아이에게 사용되는 단어임을 잘 알지만, 나는 종종 나보다 나이 많은 사람이 기특할 때가 있고, 그런 마음을 갖는 게 이상하지 않다).

같은 맥락으로 이제 브런치 작가님들도 우리 어머니의 존재를 눈여겨봐 주신다. 브런치 작가님들과는 서너 줄 댓글로 이야기를 주고받는 사이지만, 서로의 글을 읽고 지내다 보니 서로에 대한 이해가 매우 깊은 편이다. 가끔은 친한 친구나 매일 만나는 직장 동료들보다 더 많은 서사를 공유하는 기분도 든다. 지인들과는 서로의 마음을 다치게 하고 싶지 않고, 예의를 갖추기 위해 숨기거나, 돌려 말하거나, 말하지 않는 것들이 있는데, 아마도 나 혼자 쓰는 글들은 매우 솔직하기 때문인 것 같다. 매우 솔직한 내 글을 꾸준히 읽는 사이라면 바닥까지 아는 관계가 아닐까 싶다.

며칠 전 동료가 책을 하나 추천해 줬는데 윤이재 작가의 《아흔 살 슈퍼우민을 지키는 중입니다》였다. 책 표지를 보고, 난 우리 어머니가 거기 앉아 계신 줄 알았다. 색연필로 그린 예쁜 그림이 슬픈 이야기를 결코 슬프지만은 않게 그려내어 기대감을 주었다. 치매에 걸린 할머니를 돌보는 손녀가 쓴 일기 같은, 소설 같은, 르포 같은 이야기였는데, 슈퍼우먼께서 살아 계셔서 우리 어머니랑 친구 하시면 참 좋았겠다 싶었다.

어머니는 내 글의 주된 주인공이기도 하다. 내 첫 브런치 북 2권에서 90세 주인공으로 활약해 주셨고, 그 옛날 언젠가 《샘터》라는 잡지에 실렸던 내 글에서도 82세 주인공이 돼 주셨다. 며느리의 쓰는 삶을 위해 정말 열심히 일하시는 중이다.

언젠가 어머니의 이야기로 책을 만들어 꼭 두 손에 쥐어 드리고 싶은데, 어머니는 글을 모르신다. 그래서 책을 낸다면 꼭 책 속에 어머니 얼굴을 넣어 드려야겠다. 그림이어도

좋고 사진이어도 좋다.[2]

아무튼, 이 정도라면 우리 어머니는 진정한 유명인, 셀럽(셀러브리티) 아닌가.

나는 셀럽 매니저고.

저희 시어머니가 33년생이거든요

•

동료의 아버지께서 돌아가셔서 빈소에 다녀왔다.

조문의 절차를 거친 후 동료와 한자리에 앉아 이런저런 이야기를 나누었다. 그러면서 장례식장이라는 장소와 조문 절차가 낯설지 않은 것을 보니, 나도 이제 꽤 나이가 들었구나 생각했다.

코로나(COVID-19)는 많은 것을 바꿔 놨는데, 특히 경조사에 대한 의례와 경조사를 맞이하는 우리의 마음가짐을 바꾸었다. 경사든 조사든 작고 조용히 하는 게 이상하지 않고 현명해 보이기 시작했다. 그리고 경사든 조사든 많은 어려움과 위험에도 불구하고 진행되는 것이기 때문에, 하객들과 조문

---

2 글을 쓰는 동안 내 글이 만약 책이 되어 세상에 나온다면 '책 표지 또는 책 속 어딘가에 어머니의 얼굴을 넣어 드려야지.'라고 생각했다.

객들의 발걸음에도 많은 의미가 부여된다. 마스크를 쓴 채로 2년 만에 갔던 결혼식이 유난히 즐거웠던 것을 보면, 식사도 못 하면서 확진자가 치솟을 때 갔던 친구 부모의 장례식이 지극히 슬펐던 것을 보면.

"(돌아가신) 아버님이, 올해 연세가 어떻게 되세요?"

"음…. 31년생요."

"아흔둘이시네요."

"어떻게 바로 나이 계산이 되세요?"

"저희 시어머니가 33년생이거든요. 올해 딱 아흔."

고인은 우리 어머니보다 두 살 많으셨다. 사람이 꼭 나이 순으로 가는 건 아니지만, 그래도 우리는 조문을 가면 으레 그렇듯 나이를 묻는다. 우리 어머니도 나이가 참 많으시구나. 언젠가 이런 장면 속에 내가 있을 날도 오겠구나, 그런 생각도 잠시 한다.

어릴 때 종이 신문을 보던 시절, 항상 신문의 '띠별 운세'를 확인하던 기억이 난다. 동물 그림과 함께 각 띠 옆에는 그 띠에 해당하는 출생 연도가 순서대로 쓰여 있었는데, 내 나이는 없었다. 아빠 말이, 나는 아직 어른이 아니니까 없다고 하셨다. 대학 갈 때쯤 내 나이가 등장했다. 이제 나도 띠별 운세를 볼 수 있게 됐다고 좋아하며, 하루도 빠짐없이 운세를 봤다. 신문을 보지 않게 된 후에도 종종, 핸드폰 운세 사이트에서 그날의 운세를 봤던 것 같다. 오랜만에 띠별 운세를 찾아봤다. 이제 내 나이는 띠별 운세의 중간쯤에 있다. 나랑 띠가 같지만 나보다 열두 살 많은 사람, 스물네 살 많은 사람이 앞에 있고 나보다 열두 살 적은 사람, 스물네 살 적은 사람이 뒤에 있다.

> 부모의 죽음을 보는 건 자신의 종말을 전보다 훨씬 강도 높게 느끼는 일이다. 이제는 자신이 '맨 앞줄에' 서는 것이다. 이 느낌은 우리 경험의 일부가 될 것이다.
>
> 《노년 끌어안기》[3], 116쪽

아직 내가 띠별 운세의 맨 앞줄은 아니라는 것. 하지만 이미 중간까지 와 버렸다는 것. 비보인지 낭보인지 모를, 두 가지 소식을 함께 들은 기분이다.

얼마 전에도 동료의 아버지께서 갑작스레 돌아가셨다.

---

3   로르 아들레르, 마음산책, 2022

동료는 석 달이 지난 시점에서도 아직도 아버지를 생각하면 삽시간에 눈물이 차오른다고 했고, 장례식 후 한 달 동안은 밤에도 잠을 1~2시간 이상 못 잤다고 했다. 그러면서 "부모가 죽으면 10년 간대요."라고 했다. 아무것도, 말로 대답해 줄 수가 없었다. 진심을 담아 슬픈 표정을 지어 보이는 것 외에는.

나는 외국인들에게 한국어를 가르치는데 그들을 위한 한국어 교재에 '결혼식과 장례식' 챕터가 있다. 한국의 장례식 문화와 분위기 읽기 자료에 '가족들을 말없이 위로한다'라는 표현이 나온다. 이때 학생들은 의아한 표정으로 꼭 질문한다.

"선생님, '말없이 위로한다' 이게 뭐에요? 말 안 하고 어떻게 위로를?"

그러면 나는 말해 준다.

"어떤 말을 들으면 위로가 될까요? 부모가 돌아가셔서 슬픈 사람에게 아무리 많은 말을 해도, 어떤 말을 해도, 위로가 되지 않을 거에요."

그리고 슬픈 눈으로 상대방을 바라보면, 학생들은 바로 수긍한다. 눈가가 촉촉해지면서.

부모가 필요치 않은 나이는 없는 것처럼

•

　　아이를 키우면서 40년 넘게 살아 보니, 부모가 필요치 않은 나이란 없다. 부모는 먹고, 자고, 걷고, 말하는 아기의 모든 것을 살피고 가르쳐야 한다. 신체적으로 어느 정도 완성된 청소년기에도 부모는 계속 자식을 돌본다. 몸은 제법 컸지만 아직 정신적으로 미성숙한 한 존재가 사회 속으로 들어갈 수 있게 해야 하므로, 여전히 부모는 몸도 마음도 바쁘다.

　　아이가 스무 살이 되면, 부모의 역할은 끝날까? 내가 스무 살이 됐을 때 나는 그렇다고 생각했다. 이제 나 혼자서 다 알아서 할 수 있다고. 뭔가 곤란에 빠졌을 때, 부모를 찾는 일은 거의 없을 거라고. 그리고 이제 나는 다 컸으니까 그래서도 안 된다고. 그런데 계속 살아보니, 나는 끊임없이 부모가 필요했다. 유아기도 처음이었고 청소년기도 처음이었던 나는, 어김없이 청년기도 처음이었다. 그래서 살아 내기가 힘들었다. 그럴 때 나는 종종 부모가 그리웠고 서슴없이 부모를 찾았다. 아이 때처럼 내가 부르면 하나부터 열까지 날 도와주러 달려오는, 그런 존재로서의 부모가 필요했다는 말은 아니다. 다만 나는, 나보다 앞서 고된 청년기를 살아냈고 마침내 장년기를 지나 노년기에 접어든 부모의 존재가 필요했다. 그들이 해 주는 위로 한마디, 조언 한마디가 절실했고, 자주 만나지는 못하더라도 언제고 건강한 몸과 마음으로 자식과 함께 밥 한 끼 먹이 주는 부모가 있어 참 인생이 감사하다 느꼈다.

근래에는 사회 초년기뿐 아니라 자식이 자식을 낳고서도 부모의 도움이 많이 필요한 세상이 되었다. 나 또한 친정 부모님께서 육아를 도와주시지 않았더라면, 일하는 엄마로서 아이를 온전히 키워 내지 못했을 거다. 돌아보면 나의 청년기는, 건강하게 노년기에 접어드신 친정 부모님이 계셨기에 덜 외로웠고, 덜 방황했고, 비로소 완전할 수 있었다.

그리고 이제 완연한 노년기를 맞이하신 두 분. 종래에는 나도 두 분과 헤어지는 아픔을 겪을 수밖에 없겠지만, 두 분께서 노년기 또한 지금까지처럼 정성껏 살아내 주시기를 진심으로 바란다. 그리고 나도 두 분이 나에게 그랬던 것처럼, 내 아이에게 씩씩하고 다정하게 삶을 살아내는 청년기와 장년기와 노년기의 모습을 보여줘야겠다고 다짐한다. 부모가 필요치 않은 나이는 없으니까.

내 남편은 열두 살부터 부모와 헤어져 지냈다. 열다섯에 아버지가 돌아가셨고, 그때 이미 어머니는 늙어 있었다. 남편의 기억 속에 젊은 엄마는 없다. 엄마는 외형적으로도 내면적으로도 항상 할머니였다. 게다가 남편은 열두 살 어린 나이에 고향을 떠나 서울에 사는 누나 집에 얹혀살았다. 남편의 고향은 근방에 중학교가 없는 강원도 산골이었기에, 어머니께서 용단을 내리신 것이다. 그리고 그 문제를 떠나, 막내아들을 대학 공부까지 시키고자 계획한 어머니의 꿈을 실현 시키기에 본인이 데리고 사는 것은 도움이 되지 않는다고 판단하신 것 같다. 그건 어머니의 큰 그림이었으나, 결과적으로 일찍부터 부모와 헤어져 살게 된 남편에게는 가슴 깊이 자신도 모를 결핍이 있다. 부모에게 응석을 부려본 적 없는 삶. 청소년기부터 인생은 혼자 사는 것이라 절절하게 느끼며 살아낸 삶이다.

우리 부모님에게는 사위가 단 한 명이고 아들이 없다. 부모님께서는 하나뿐인 사위를 처음 본 순간부터 귀애하셨고 지금도 예뻐하신다. 하느님께서 내 남편에게 일찍 하늘로 간 아버지와 일찍 늙어 버린 어머니를 대신해, 살가운 장인 장모를 주신 것 같다. 축복이다.

내 아이가 사춘기에 접어들었다. 중학생이 되니 내 품을 벗어날 준비를 하는 게 실감이 난다. 사람들이 자식의 효도는 일곱 살이면 끝이고, 그것만으로도 족하다고도 한다. 아마 '미운 일곱 살'이란 표현과 일맥상통한다.

말랑말랑한 아기가 주는 행복, 우유 냄새와 함께 종일 나만 바라보는 존재가 주는 즐거움은 정말 경이로웠다. 그 후 내 아이는 말을 배웠고 나와 소통을 하며 내 인생에 다시 없을 행복을 주었다. 아이가 커가며 부모와 갈등도 생기고 때론 불화하면서 결국 하나의 인격체로 독립하겠지만, 부모로서 나는 그러한 아이의 인생도 보고 싶다. 확실한 것은 바라만 보기에도 아까운 나의 아이는 계속 그렇게 인생을 살아가며 다양한 모습으로 내 인생에 존재하리라는 점이다.

자주 만나지 못하고 우리는 새로 꾸리는 자기 가족과의 삶이 커질 것이다. 하지만 한 사람의 인생에 부모가 필요하지 않은 나이가 없는 것처럼 그렇게 내 자식도 나의 인생 내내 여러 가지 모습으로 존재해 주길 진심으로 바란다.

시어머니는 올해 91세가 되셨다. 함께 살지 않고 나는 경기도에, 어머니는 지방 소도시에 계신다. 물론 자주 뵙지 못한다. 가끔 주말에 내려가면 헤어질 때 죄스러운 마음으로 말한다.

"또 올게요, 어머니."

그럼 어머니는 항상 같은 말을 하신다.

"안 와도 돼. 니들끼리 잘 살면 돼. 엄마 걱정 하나도 하지
말고, 잘 지내. 차 타고 멀리 오는 것도 걱정돼서 싫어. 안 와
도 되니까 잘만 살아."

옛날에는 그게 그냥 할머니들이 하는 레퍼토리라 생각했
다. 뵈러 가면 그렇게 좋아하시면서, 왜 말끝마다 오지 말라
고 하실까. 왜 노인들은 항상 반대로 말하고, 항상 마음에 없
는 말을 할까 싶었다.

내 아이가 15살쯤 되니 이제 좀 알만한 이야기. 보고 싶은
마음은 참으면 되지만 자식이 슬픈 일이 생겼을 때 차오르는
걱정은 참을 수가 없다. 그러니 제발, 꼭, 잘 지내 달라고, 마
음을 담은 소망을 이야기하시는 거였다. 오랜만에 만나면 반
가운 마음도 진심이고, 자주 못 보더라도 내 아이가 평생 안
온한 삶을 살길 바라는 마음도 진심인 거다.

나의 양가적 감정을 알아차린 날
─ 나는 비로소 가족이 되었다

●

어머니가 정말 미웠던 적이 있다. 한두 번이 아니고, 여러 번이다. 밉다기보다는 야속하고 서운한 마음. 그런데 그것과 별개로 애틋하고 감사했던 적도 많다. 이것 또한 한두 번이 아니고, 여러 번이다. 어머니와 진정한 가족이 되고서 깨달은 것은 이러한 내 양가적 감정을 알아차렸기 때문이다. 어쩜 그렇게 이랬다저랬다 하냐고 변덕스럽다 해도 어쩔 수 없는 것이, 가족이란 태생부터가 그런 부분이 있다. 고맙기도 하고, 서운하기도 하고, 밉기도 한. 내가 아는 가족이란 그렇다. 아무리 유전적으로 같은 혈육이라 해도 결국 타인인데, 타인과 50년, 60년 관계하며 산다는 게 쉬운 일이 아니니까. 50년, 60년 가깝게 관계하며 지내는데 갈등이 없을 수 없다.

남편이 큰 사고를 당하고 어머니를 처음 만난 날, 어머니는 나에게 물었다.

"에미, 이사 갈 때 방향 봤어, 안 봤어?"

우리는 남편이 사고가 난 그해 봄에, 집을 사서 이사를 했다. 사고는 여름에 났다. 이런 말은 잊히지 않는다. 몇 달간 휴직이 필요할 정도로 큰 사고였으니 나도 너무 놀랐는데, 어머니 입에서 "놀랐겠다, 고생했다."라는 말보다 우선해서 나온 말. 그 말은 '이사 갈 때 방향을 보지 않은 네 탓으로 내 아들이 사고가 났다.'라는 말로 들렸다. 물론, 어머니의 말이 끝나기가 무섭게 시누이가 큰 소리로 '노인네 이상한 소리 한다'며 다박하는 깃으로 나를 위로해 주었고, 어머니도 너는 그 이야기를 길게 반복하지 않으셨지만, 그래도 나는 참 슬 펐다.

이런 말은, 글로 쓸 수는 있어도 말할 수는 없다.

어머니도 그러실까? 어머니도 내가 마땅찮을 땐 서운하고 야속하고 그러실까? 그러시겠지. 이렇게 생각하다가도, 내가 내 아이를 마주하는 마음이 어떤 마음인지를 10초만 생각해 보면 금방 알 수 있다. 지난날이 그리울 순 있지만, 세월이 야속할 순 있지만, 내 아이가 야속할 순 없다고.

내가 부모에게 효도하는 마음은, (깨물어 주고 싶은) 아이에 대한 사랑하고는 명백히 다르다는 걸 안다. 고맙고 미안한 마음이 들어서 사랑을 주려 하는 것과 마냥 그냥 사랑하는 마음은 다른 마음이다. 그걸 알기에, 가는 세월이 아쉬울 뿐이다.

하지만 그래서 나는 자주 어머니 앞에서 자신만만해진다. 내가 어떤 응석을 부려도 어머니는 '그래, 알았다.' 하실 거고 다소 서운할 짓을 해도 '그래, 괜찮다.' 하실 거다. 그리고 그 어떤 서툰 짓을 해도 '에이, 이게 뭐냐.' 하고 웃어넘기실 거다. 아들도 아니고 며느리가 이런 마음을 가진다는 것이 약간 뻔뻔할 수도 있겠지만, 나는 자신한다. 어느 날, 양가적 감정을 가지는 것으로 나는, 시어머니와 가족이 되었으니까.

언젠가 돌아가시면, 어떡하지

2022년, 시어머니께서 90세가 되셨다. 90세가 되시면서 급격히 몸 여기저기가 쇠하고 있으시다는 것이 느껴진다. 어제 다르고 오늘 다르고, 내일 또 달라질 것이다.

요즘 '사람이 간다는 것'에 대해 계속 생각 중이다. 사람이 온다는 것. 한 생명이 곁으로 오는 찬란함만을 느끼고 상상하며 살았는데 사람이 간다는 것 또한 얼마나 큰일일까. 두렵다.

아이 한 명을 키우는 데 온 마을이 필요하다지만 어르신 한 분을 건강하게 지키는 데도 온 마을은 필요하다. 한 사람의 삶을 하나의 이야기라고 할 때 우리 사회는 이야기의 시작에는 관심이 많으나 이야기의 마무리에는 별 관심이 없다. 하지만 아이는 시간이 흘러 노년이 된다. 그 이야기는 결국 나의 이야기가 된다.

《아픔이 마중하는 세계》[4], 13쪽

매일 누군가의 죽음에 대해 현실적인 방법으로 관계한다는 것은 얼마나 슬픈 일인가. 가족들과 함께 '나중에 어머니 안 계시면', '나중에 어머니 돌아가시면', 이런 이야기를 한 지 꽤 오래됐다. 하지만 그 날짜가 점점 실제로 다가오니 오히려 현실감이 떨어진다.

나는 반대로 요즘 이런 이야기를 하고 다닌다. "나는 우리 어머니 10년 봐. 거뜬하실 거 같지 않아? 거뜬하고도 남지." 이런 말들. 근거도 없고, 반론도 없다. 아무도 내 의견에 반론을 제기할 필요를 느끼지 않고, 시비를 가리지 않아도 될

---

4 양창모, 한겨레출판, 2021

말들. 틀려도 되지만, 염원을 담기에는 누구를 위한 염원인가 망설여지는 말.

아무리 우리는 모두 천천히 죽어 가는 것이니 너무 억울해할 것 없다고, 그렇게 접근하고 인정하려고 해도, 죽음으로 가는 속도의 차이가 어마어마하기에 우리는 같은 입장이 아니다.

요즘 들어 어머니께서 자꾸 전화를 하신다.

"에미야, 엄마 잘 있으니까 안 와도 돼. 오지 마. 알았지?"

"우리 애기 잘 놀지?"

(어머니께서 말씀하시는 막내 손주, 우리 애기는 무려 중학생이다.)

"콜레라가(코로나가) 무섭대드라. 절대 오지 말고 집에서 밥 먹고 놀아."

언젠가 정말 돌아가시면 어떡하나 싶다.

'노모'를 검색하는 사람들

●

브런치에는 통계 기능이 있어서, 독자들이 내 브런치에 들어오는 유입 경로와 유입 키워드를 보여 준다. 유입 경로는 다음이나 네이버 등의 포털 사이트, 브런치 같은 소셜 미디어 등 이름을 보면 바로 알 수 있어서 새롭지 않다. 하지만 유입 키워드는 말 그대로 독자가 어떤 키워드로 검색해 최종적으로 내 브런치에 들어오게 됐는지를 보여 주는 것이어서, 매우 흥미롭다.

유입 키워드 1위는 단연 '시어머니'다. 나는 '시어머니'와 '한국어 교육' 두 분야에 대해 글을 쓰는데, 모두 정보 전달 차원의 글이 아니라 일상을 풀어 쓴 에세이다. 한국어 교육으로 검색하는 경우는 뭔가 정보를 찾고자 하는 이들이 많을 텐데, 이 경우 내 글은 제목만 보고도 본인이 찾던 글이 아님을 알 수 있어 글을 클릭할 단계까지 이어지지 않을 것이다. 나는 주로 한국어 교사가 되는 방법에 대한 내용보다는 한국어 교실에서 일어나는 기쁨과 슬픔에 대해서 쓰기 때문이다. 하지만 '시어머니' 또는 '노모'라는 키워드로 글을 검색하는 이들은, 단지 정보 검색을 위해서만 글을 찾아보는 건 아닐 것이다. 나도 가끔 시댁에 대한 복잡한 마음이 들 때 종종 포털 사이트에 검색해 보곤 했다. '시누이 다섯', '87세 시어머니', '큰동서' 등이 키워드였던 것 같다. 어떤 정보를 찾아 문제를 해결해 보겠다는 마음은 아니었고 그냥 답답해서 그랬다. 포털은 뭐든지 알려 주니까, 우리는 난관에 봉착했을 때 뭐든지 찾아보니까.

구체적인 단어가 포함되는 경우도 있다. '89세 노모', '90세 노인 인터넷 뱅킹', '88세 어깨 수술' 등이다. 얼마 전에는 '물건을 버리지 않는 시어머니'가 유입 키워드였던 적도 있다 (실제로 내 글들에 물건을 버릴 때 실랑이하는 나와 어머니의 에피소드가 여러 번 등장했기에, 포털 사이트의 검색 기능이 정말 뭐든지 다 찾아내는구나 생각하기도 했다). 실은 나도 얼마 전 문단속을 너무 심하게 하시는 어머니가 걱정스러워, 혹시 이것이 치매 전조 증상이라거나 모든 노인에게서 보이는 현상이라거나, 뭐라도 말을 좀 듣고 싶어서 검색해 본 적이 있다. '노인 나이 들면 문단속' 뭐 이런 식으로 여러 단어를 조합해 찾아본 것 같다. 그리고 이웃 브런치 작가님 글을 읽고, 다소간 위로를 받았다.

며칠 전 식탁에서 이에 대해 남편과 이야기를 나누었다. 내 브런치 유입 키워드가 이렇다고. 의견을 물은 건 아니고 그냥 오늘 하루 있었던 일을 이야기하던 중에 이 이야기 또한 포함된 거였다. 남편은 "그래? 신기하다"라고만 답했는데, 중학생 아이는 이렇게 말했다.

"그래? 사람 사는 거 다 똑같구나?"

아, 그래. 이건 그냥 사람 사는 일이구나. 아이는 그냥 어떤 통찰 없이 '사람 사는 거 다 똑같구나'라는 말을 다들 많이 하니까, 큰 의미 없이 갖다 붙인 것일 수도 있다. 하지만 나는 하하하 웃으면서 생각했다. 하하하 그래, 그냥 이건 사람 사는 일이구나. 깊이 생각할 일이 아니구나, 오늘도 중학생 아이 덕에 무거운 마음을 좀 내려놓고 가볍게, 가벼운 마음으로 잘 수 있겠구나.

나의 절친이 된 여섯 번째 시누이

●

가끔 생각한다. 내 머릿속에 시어머니의 지분은 얼만큼일까.

88세가 되신 어머니께서 어깨 수술과 허리 수술로부터 회복되시고 나서 본인 집으로 돌아가신다고 했을 때, 처음에 우리는 말도 안 되는 소리라고 생각했다. 하지만 우리 모두 내 집이 주는 안온함과 만족감을 알기에 일단 모셔다드렸고, 그즈음 매일 집으로 방문하는 요양 보호사 서비스가 있다는 걸 알게 됐다. 요양 보호사는 주 6일 매일 방문하고, 하루 한 번 식사도 챙겨 줄 수 있고, 대신 장도 봐주고, 목욕도 시켜주고, 간단한 심부름도 가능하다고 했다. 일단 매일 어머니

집을 방문하는 누군가가 있다는 게 너무 마음이 놓여서 당장 신청했고, 이런 서비스를 이용할 수 있어서 참 다행이라 생각했다.

그런데 배정받은 요양 보호사께 안부 전화를 하면 할수록 나는 걱정이 커져만 갔다. 유난히 깔끔한 우리 어머니는 살림부터 본인 몸까지 어느 하나 만지지 못하게 하셨고, 요양 보호사는 우두커니 하루 3시간을 앉았다 가신다 했다. 청소도 설거지도 요리도 못 하게 하고, 씻자는 말은 꺼낼 엄두도 안 난다고. 오랜만에 방문한 어머니 댁 냉장고는 사람 사는 곳이 맞나 싶게 비어 있었고, 우리가 가져간 음식들은 역정을 내시며 하나도 남기지 않고 다시 싸 주셨다.

"어떡하죠?"

나는 다섯 명의 시누이들께 번갈아 가며 전화를 했다.

"어떡하죠?"

그렇게 "어떡하죠"를 반복하던 어느 날, 큰시누에게서 연락이 왔다.

"올케, 이제 걱정 마."

"우리 사촌 OO 알지? 본 적은 없을 텐데, 아무튼 걔가 엄마 요양 보호사 하기로 했어. 요즘 요양 보호사 일을 하고 있었대. 엄마 집에 자기가 오겠다네. 잘 됐어, 아주. 그러니까 이제, 걱정 마."

아, 일이 이렇게 뜻밖의 방법으로 풀리기도 하는구나. 나는 얼굴도 모르는 사촌이지만, 본인에게 고모니까 얼마나 살뜰히 챙길까. 아, 정말 이제 좀 마음 놓고 살겠구나.

얼굴을 보기 전 전화로 인사드려 보니 호탕하시고 씩씩하셨다. 무엇보다 이미니링 대화가 잘 되는 분위기나. 부탁드리면 병원도 동행해 주시고, 식사도 함께해 주시고, 장도 봐주신다고 한다. 세상 이렇게 좋을 수가.

오랜만에 방문한 어머니 집은 사람 사는 냄새가 훈훈하게 났고 온기가 넘쳤다. 싱크대에는 맛깔난 국이 끓여져 있었다. 아, 다 사는 방법이 있다더니 이럴 때 하는 말이구나.

다만 가끔, 이런 이야기를 하신다.

"올케, 내가 오늘은 시누이 노릇 좀 해야겠어."

"……."

아뿔싸. 내가 잠시 잊었는데 그녀의 신분은 시누이였다. 그때 난 직감했다. 다섯 명의 시누이에다 이제 사촌 시누이까지, 내게 여섯 번째 시누이가 생겼구나. 그런 직감으로 시누이의 이야기를 들어보기도 전에, 나는 긴장부터 했다.

잠깐 다른 이야기를 좀 해 보자면, 한국말은 호칭이 너무 복잡하다. 시누이, 올케, 형수, 처형 등등. 개인보다 관계를 우선시하는 복잡한 호칭들. 나는 외국인에게 한국어를 가르치면서 종종 호칭의 늪에 빠지는 외국인들을 본다. 그럼 나는 말한다. 언니, 오빠, 형 등의 단어만 외우고 다른 건 싹 다 잊으라고. 그건 필요할 때 찾아서 외우면 된다고.

그렇게 '시누이'라는 호칭을 전면에 내세운 대화의 시작은 매우 불편했지만, 막상 이야기를 들어 보니 모두 나를 염려한 말이었다. 너무 과하게 최선을 다해 효도하려 하면 너도 나도 자식도 부모도 모두 지치니, 그러지 말고 쉽게 쉽게 갈 수 있게 꾀를 쓰라는 조언이었다. 돌봄은 마라톤과 같은데 초반 레이스에 전력을 다하면 안 된다고, 그럴 일이 절대 아니라고 했다. 그리고 자식들 마음 편하려고 애쓰지 말고 어머님 본인에게 어떤 영향을 주는지를 고려하라고 했다. 이를테면 냉장고 속 반찬이 아무리 수십 가지가 있어도, 어머니는 평생 한두 가지 반찬만 드시고 살던 분이고 혼자 챙겨 드시기에는 그게 훨씬 좋다고. 냉장고 속 음식이 너무 많은 상태로 유지되면, 음식을 못 버리는 어머니 성정상 상한 음식을 드시거나 탈이 나게 많이 드시는 일이 발생할 위험이 높다고. 그리고 아무래도 사촌 시누이다 보니, 제삼자의 관점에서 생각하게 된다고도 하셨다.

　나는 오래 지나지 않아 여섯 번째 시누이와 절친(절친한 친구)이 되었다. 아니, 전우가 되었다고 해야 하나. 내 어머니의 요양 보호사이면서, 친 시누이는 아니지만 여섯 번째 시누이가 된 이 존재는 왠지 내게 플러스알파 같은 느낌이었다. 그리고 항상 위기의 순간, 급박한 순간에 나보다 먼저 어머니 곁에 가 주셨다. 언젠가 어머니가 호흡이 가빠 구급차를 타게 되셨을 때도, 시누이는 구급차와 동시에(구급차만큼 신속하게) 어머니 집에 도착했다. 그리고 병원 입구에서 잔뜩 겁먹은 얼굴로, 반가움과 안도감이 반씩 섞인 얼굴로 우리 부부를 맞이했다.

　타인이면서 동시에 가족인 분. 내가 '어떻게 하지요?' 물으면 항상 답을 주시는 분. '지금부터는 내가 알아서 할 테니 거기까지만 하고 올라가.' 그런 말을 해 주시는 분.

　그래서 내게 믿는 구석이 되어 주신 분. 이것도, 결국 어머니가 내게 주신 인연이다.

어머니에게 빚진 내 안온한 일상

●

매주 비슷한 일상이 반복된다.

아침 6시에 일어나 출근해 하루 업무를 보고, 늦은 오후 퇴근을 하면 다시 또 다른 하루가 시작된다. 아이를 챙겨 학원에 보내고, 저녁을 먹고 집안일을 하고, 시간이 나면 운동을 하거나 책을 보고, 늦은 저녁 아이가 학원에서 돌아오면 간식을 함께 먹으며 각자의 하루를 이야기하고, 내일을 기약하며 잠자리에 든다. 주말에는 주중에 할 수 없는 쇼핑이나 미뤄뒀던 일들을 챙기고, 늦잠을 자고, 성당에 다녀오고, 다음 한 주를 다시 준비한다. 만약 내가 시어머니와 함께 살았다면, 함께 살지는 않더라도 지근거리에 90이 넘은 시어머니가 계시다면, 이런 일상이란 상상할 수 없었을 것임을 잘 안다. 가끔 어머니 댁에 찾아가고, 멀리서도 이런저런 돌봄에 내가 관계하고 있긴 하지만, 아직 내 일상에 어머니가 들어오지 않았음은 명백하다.

가끔 이런 내 안온한 일상이, 어머니를 깊게 돌보지 않아 지켜지는 것은 아닐까 미안한 마음이 된다. 아흔 살 어머니에게 빚져 비로소 지켜지는 내 안온한 하루. 아직 70대이신 친정 부모님께는 미안함보단 감사한 마음이다. 아직 정정하시고 두 분의 할 일을 찾아 이런저런 즐거움을 챙기시며 오순도순 살고 계시니 정말 감사하다. 그리고 아직까지도 일하는 딸을 위해 손주를 챙겨 주시고, 내 살림을 돌봐 주시고, 이런저런 직접적인 도움을 주고 계시니 더욱 감사하다.

어릴 때는 부모님이 고마운 줄 몰랐다. 이제 내 아이가 10대가 되니 부모님께 감사한 마음이 매일매일 질로 든다. 그리고 (결국) 90대가 되신 시어머니께 드는 마음은 이제, 미안함이다. 그저 받기만 하다가, 비로소 고마움을 알게 되고, 더 나중에 마지막에는 미안함이 되는 부모에 대한 마음.

아이를 낳았을 때 나는, 아이에게 처음부터 빚진 마음이었다.

항상 내가 뭘 어떻게 해도 미안하고, 더 잘해 주지 못해 마음이 탄다. 그러고 보면 부모와 자식은 처음에는 부모만 빚진 마음이다가 어느 순간부터 서로가 빚진 마음이 되는, 그런 관계인가 보다. 해피 엔딩과 새드 엔딩의 문제가 아니라, 태생적으로 결정되어있는 결말을 맞이할 수밖에 없는. 영원히, 완전히 청산되지 못하는 빚을 가진 채 헤어지는, 그런 관계.

시어머니가 나의 뮤즈가 되기까지는

●

어머니에 대하여 쓰기 시작한 후 달라진 것들에 대해 생각해 봤다. 기록을 염두에 두고 나는, 매 순간 나를 바라보게 됐다. 언젠가 나중에 지금 이 순간도 기록할 날이 올 텐데, 그때의 나는 어떤 마음의 나였나. 미래의 '쓰는 나'를 위해 지금의 나를 다시 보기 시작했다.

쓰고 싶은 나를 진짜 쓰게 한 것은, 어머니에 대한 나의 단상들이었다. 그래서 난 내 어머니를 '나의 뮤즈'라 부른다. 한 줄 두 줄 쓰다 보니 글이 되었고, 글이 모이니 그걸 책으로 만들고 싶어졌다. 그리고 그걸 영영 남기고 싶어졌다.

어머니가 처음부터 내 뮤즈였던 건 아니다. 나에겐 어머니에 대한 15년이 넘는 서사가 있다. 그분이 내 뮤즈가 되기까지 나는 길고 복잡하고 지난한 시간들을 지냈다. 어머니에 대하여 긍정적 감정만 있거나 부정적 감정만 있었던 것은 아니었다. 사람의 감정이란 애초에 그럴 수 없는 거였다.

남편은 누나가 다섯, 형이 하나다. 그러므로 나는 시누이가 다섯, 큰동서가 하나다. 결혼식 청첩장을 가지고 회사 상사에게 인사 드리러 갔을 때, 나를 많이 아끼고 예뻐해 주셨던 그분께서는 나에게 결혼을 다시 한번 생각해 보면 안 되겠냐고 하셨다. 누나 다섯은 만만한 집안이 아니라고. 그때 나는 상사께서 이렇게나 날 친딸처럼 생각해 주시는구나, 그런데 이 분도 어쩔 수 없이 옛날 분이시구나, 뭐 그런 걸로 결혼 여부를 결정짓나, 그렇게 생각하며 흘려들었다. 하지만 사실 나도 내 결혼에 대해서 어쩔 수 없이 그 부분이 거슬릴 때는 이렇게 생각하며 스스로를 안심시켰다. 누나가 다섯이어도 외아들이 아니니 되었고, 누나들이 다 내 어머니 연배시니 괜찮다고. 또 내 친구들은 결혼 직후 시부모 환갑, 칠순 챙기느라 바쁠 텐데, 나는 환갑도 칠순도 지난 시어머니 한 분 뿐이니 한갓지고 괜찮다고. 그렇게 생각하고 가볍게 지나갔다.

막상 살아보니 며느리로서의 삶, 올케로서의 삶, 작은 동서로서의 삶은 상사의 말만큼이나 만만치 않았다. 처음엔 이게 뭔가 싶었다. 어머니에 대한 서운함, 가부장제에 대한 비판, 나에게 너무한 사람들에 대한 반발감, 그런 마음들이 있었다. 확실한 것은, 매우 복잡한 감정이 들었다는 것이고 하나의 문장으로 축약할 수도 단언할 수도 없었다는 것이다. 어떤 나쁜 한 사람으로 인한 문제도 아니었다. 데이터는 많은데 해석하기 어려운, 빅 데이터를 들여다보는 그런 기분도 들었다.

> 어떤 이는 그의 삶에서 불행을 읽고 가고 어떤 이는 그의 눈에
> 서 효행을 읽고 가나, 그는 그것들이 마땅치가 않았다.
> 그가 지은 책 세목은 따로 있다. '나는 효자가 아닌 시민이다.'
> 효자라는 말은 봉양의 의무만 남기고 한 존재의 복잡한 감정
> 과 생각은 지운다.
>
> 《크게 그린 사람》[5], <효자 아닌 시민 조기현>, 31쪽

내 복잡한 감정과 생각을 풀어 보고자 글을 쓰기 시작했는 데(다른 사람과의 관계에 있어 오해를 푼다는 개념이 아니라, 머릿속 생각 들을 푼다는 차원에서) 때때로 과몰입하게 됐고, 그 정도의 노력 은 내게 당연히 필요했다. 타인과의 일을 되뇌고 곱씹는 것은 골치 아프다. 하지만 필요하다. 관계를 개선하고자 적극적으 로 소통하지는 못할 망정 생각과 고민조차 하지 않으려 한다 면, 아무것도 나아지지 않을 것이다.

　어머니에 대해 생각하고 그것을 글로 쓰면서 깨달은 것 중

5　은유, 한겨레출판사, 2022

하나는, 어머니에 대한 나의 마음이었다. 시어머니와 며느리라는 관계 속에 빠져, 나는 오랜 시간 어머니를 제대로 보지 못했다. 그런데 글을 쓰며 찬찬히 들여다보니, 다정했던 어머니와 내가 새록새록 떠올랐다. 하지만 글을 쓰며 나는 어머니를 미화하지 말아야지, 조심했다. 점점 더 나이 들어가는 어머니를 바라보며, 뭐라도 해 주고 싶은 마음에 글속 어머니가 점점 더 애듯해졌기 때문이다.

하나의 단어로 무언갈 설명하려 할 때 그 속에 담긴 사연은 가려진다. 만약 정말 내가 시어머니에 대한 글을 책으로 만들게 된다면, 그래서 그 책을 누군가 읽게 된다면, 읽는 누군가가 제목만으로 책 전체를 가늠하게 되지는 않길 바란다. 더 많은 것을 상상하고 책을 읽어 주기를 소망한다. 언젠가 내가 책을 낸다면 이 문장을 서문으로 써야겠다. 오늘도 야무진 꿈을 꾸어 본다.[6]

---

6 이 글은 2022년 9월 10일에 썼다. 그때의 나는 책을 출간하게 될지 전혀 몰랐다.

이제 다시는 그런 날로 돌아갈 수 없겠구나

●

재잘대는 아이들과 행복한 시간을 보내는 젊은 부부들을 보면, 놀이공원에 물놀이에 산으로 바다로 바삐 돌아다니는 인스타그램 속 지인들을 보면, 이제 나는 다시 그런 날들로 돌아갈 수 없겠구나, 망연히 아쉽다. 십 대가 된 내 아이는 이제 세상 속으로 훨훨 날아갈 준비를 하는 중이어서 부모나 가족보다 친구들이 최고인 시절을 보내고 있다. 다시 오지 않을 시간들이 정말 아쉽지만, 어떻게 해도 다시 오지 않을 것을 아니까 당장 오늘과 내일을 감사히 충실히 보내자 그렇게 결론짓고 있다.

나는 요즘 카톡과 전화로 많은 시간을 보내고 있다. 멀리 제주도에 여행 가서도 가는 날과 오는 날 많은 시간을 메신저에 코를 박고, 장시간 전화 통화를 했다.

우리 어머니는 한 달 전의 그 어머니가 아니다. 지금의 어머니는 대체 누굴까. 사람의 성격이 이렇게 바뀔 수 있을까. 연세가 아주 많으신 우리 어머니께서는 최근 몸의 많은 부분들이 돌아가며 고장 나는 중이었다. 하지만 밥을 잘 잡수시니까 회복기에 접어들고 있었다. 그런데 우리가 우려했던 심장이라던가 폐라던가 허리라던가 그런 곳의 문제가 아니라 전혀 생각지도 못한 부분에 탈이 나고 말았다.

어머니는 급격히 아이가 되셨다. 90이라는 나이는 노인성 치매가 아직 오지 않은 것이 이상한 나이라고들 하지만, 치매라는 것이 이런 것인가. 가족들이 느끼는 당혹감은 어머니의 상태만큼이나 감당이 안 된다.

그러면서 문득 이런 생각이 들었다.

며느리의 힘들어 보이는 직장 생활이 안타까워 혀를 끌끌 차시던 어머니, 김장 김치를 어떻게 담그나 걱정해 주시던 어느 가을날의 어머니, 사돈 갖다 주라며 호기롭게 10만 원을 용돈으로 주시던 귀여운 어머니, 끝도 없이 메밀전을 부쳐 쌓는 것이 그림 속 풍경 같았던 어머니. 이제 나는 그런 날들로 돌아갈 수 없겠구나.

내 아이에 대한 아쉬움처럼 '그러니까 오늘을 감사히 충분히 아끼며 살자'라고 결론짓기에는 좀, 문이 닫혀버린 기분이어서. 막차가 출발해 버린 기분이어서. 책 속의 문장이 눈에 들어오지 않는 나날들이 이어지고 있다.

(내 어머니가 요양 병원에 들어가시기 직전, 91세 어느 봄의 이야기다.)

노년을 읽습니다

《돌봄의 온도》[7]＿ 어렵고 아름다운 일, 돌봄

어느 날, 돌봄이라는 단어가 자주 눈에 들어오기 시작했다.

'가사 도우미', '산후 도우미' 등의 용어로 내 인생에 등장한 '돕다'라는 개념은 어느 순간 '돌봄'으로 확장됐고, '돌봄 서비스', '가족 돌봄' 등으로 더 확장 됐다.

《나는 신들의 요양 보호사입니다》를 쓴 이은주 작가의 신작이 나왔다는 이야기를 몇 번이나 들었다. 여기서 말하는 '신들'이란 누구일까, 책은 어떤 내용일까 궁금해하던 차에, 내 어머니께서도 요양 병원에 들어가시게 됐다.

나는 뭐든지 글로 배우는 사람이어서, 아직도 요리할 때 유튜브보다는 블로그를 찾는다. 요즘 사람들은 뭐든 영상으로 본다는데, 영상이 너무 길면 1.5배속 또는 2배속으로 보기까지 한다는데, 나는 왜 아직도 글을 찾아 읽는가. 내가 옛날 사람이어서 그런가 생각했는데, 아니다. 나는 다분히 활자 중독이다. 어렸을

7 　이은주, 헤르츠나인, 2023

때 엄마를 따라 어딘가에 가서 마냥 기다려야 하는 상황인데 읽을 것이 없다면, 나는 뭐든 찾아 읽었다. 음료수 병의 안내 문구, 영양 표시, 성분명을 읽거나 아니면 핸드크림이나 샴푸 뒷면의 표시 사항이라도 읽었다. 물론 신문이나 잡지가 있는 경우라면, 그것들을(철 지난 잡지라도) 꼼꼼히 읽었다.

그래서 이번에도 나는 책을 택했다. 요양 병원이라는 곳, 요양 보호사, 병원의 시스템과 돌봄의 세계가 읽고 싶었다. 그래서 '신들의 요양 보호사'로 잘 알려진 이은주 작가의 신작 《돌봄의 온도》를 읽었다.

이 책은 아름다운 책이다.

이은주 작가는 일본 문학 번역가인데, 치매를 앓고 계신 어머니를 모시고 있고, 아픈 동생과 그 자녀들을 돌봤으며, 조카 손주까지 돌보고 있다. 한 돌봄에서 또 다른 돌봄으로 끊임없이 돌봄이 이어지는데, 서문에서 작가는 '돌봄의 민주화'에 대해 말한다. 생경한 단어였지만 어렴풋이 받아들여지는 단어이기도 했다. 사회에서의 돌봄이란, 가족 내에서의 돌봄이란, 어때야 하나. 우리는 어떻게 받아들이고 어떤 노력을 해야 하나.

그리고 돌봄을 직시한다.

돌봄에도 중독성이 있다. 그러기에 지금 누군가를 돌보고 있다면 오늘 자신을 꼭 안아 주라고 말하고 싶다. 당신은 지나치게 애쓰고 있다고도 <u>스스로를 다독여</u> 보자.

《돌봄의 온도》, 14쪽

돌봄의 중독성은, 말해 뭐 할까. '돌봄'이라는 단어와 '중독성'이라는 단어를 합쳐 놓으니 이렇게 슬픈 말이 됐다. 중독이란 단어는 폐해가 있다. 중독에 빠져든 사람의 끝은 좋지 않다. 나는 이 글을 돌봄에 중독돼 자기 자신을 해치지 않도록 조심하라는 작가님의 메시지로 읽었다.

어머니를 요양 병원에 보내기까지, 몸도 마음도 힘들고 바빴다. 나는 작년에 이어 올해도 코로나에 걸렸고, 첫 번째와 달리 심하게 앓았고, 후유증이 오래 갔고, 후유증을 겪는 와중에 대상 포진에 걸렸다. 사이사이 토요일 아침에는 항상 새벽같이 일어나 어머니께 갔고, 전화와 카톡을 붙잡고 살았다. 끼니를 거르거나 가볍게 먹을 때도 많았고, 정말 피곤한데 마음은 항상 조바심이 나서 일어나 움직였다. 자신도 모르는 사이에 몸에 무리가 가게 애쓰게 되는 것이다.

아버지가 먼저 가시고, 몇 년 전 어머니도 가신 사촌 시누이가 그런 말을 했다. '두 분 살아계실 때는 돌봐 줄 사람이 옆에 사는 딸인 나밖에 없어서 그렇게 힘들더니, 돌볼 사람이 없으니 또 그렇게 허전하더라'라고. 홀가분하면서도 헛헛한 마음. 나도 어머니가 요양 병원에 입소하신 첫주에 그런 생각이 들었다. '몸이 너무 편하다. 물색없이 몸이 너무 편하구나.' 그런 생각.

작가가 먼저 쓴 책 《나는 신들의 요양 보호사입니다》[8]는 1부 요양원에서의 하루, 2부 봉사자에서 요양 보호사가 되기까지, 3부 데이케어센터에서의 하루, 4부 재가방문의 날들, 5부 나는 요양 보호사입니다'라고 구성돼 있다고 한다. 아마도 다음 주에 나는 그 책을 읽고 있을 거다.

요양원에서는 내가 어떻게 나이 들어야 좋을지 보여주었던 뮤즈도 있었다. (중략) 나는 그녀처럼 늙고 싶다. 스스로 화장실에 가고, 스스로 음식을 씹고, 그녀처럼 돋보기로 책을 읽고 싶다.

같은 책, 99쪽

---

8 이은주, 헤르츠나인, 2019

아, '그녀처럼 늙고 싶다'라니. 죽을 것같이 덥던 여름을 지나 입추를 맞이했을 때의 기분이다. 뭔가 쾌적한 기분.

> "엄마 이럴 때는 손을 펴 주는 거야. 이렇게. 내가 강의 자료 주고 갔지? '돌봄 받는 능력'이라는 자료. 거기에 나오잖아. 목욕 받을 때 요양 보호사 허리 안 아프게 도와주는 방법."
>
> 같은 책, 107쪽

작가의 어머니는 딸의 번역 소설을 함께 읽으셨던, 그리고 본인의 혜안으로 많은 의견을 말하셨던, 텍스트를 향유할 줄 아는 분이다. 그러므로 '돌봄 받는 능력'이라는 자료를 읽고, 자신을 돌봐 주는 사람과 상생하는 방법을 찾아보자고 '성숙하게' 말한다.

그런데 돌봄의 세계에서도 나와 같은 세대는 '낀 세대'다. 글을 모르시는 우리 어머니는 1세대도 아니고 0세대쯤 된다. 1세대는 '돌봄 받는 능력' 이른바 '돌봄 받는 자의 에티켓'이라는 개념을 접해 본 적이 없다고 하더라도, 우리는 그것을 접했으니, 이제 배워야 한다. 아이고, 우리는 왜 이렇게 배울 것이 많은가.

자신의 전부를 걸고 자식을 키운 세대와

자신의 삶도 중요하다고 교육받은 세대와

오직 자신만이 중요하다고 여기는 세대의 조합이

오늘날 총 천연색 돌봄으로 나타나고 있다.

같은 책, 169쪽

우리 아버지가 즐겨하시는 말 중 하나가 '평생 배운다', '돈 주고 배운다'이다. 배워도 배워도 평생 배울 것이 있고, 한 번 두 번 실패해 좀 손해 봤더라도 내가 또 하나 배웠으니 됐다는 말이다.

다 같이 잘 살려면, 돌봄의 세계를 잘 마무리하려면, 다 같이 계속 배워야 하나 보다.

노년을 읽습니다

《아흔 살 슈퍼우먼을 지키는 중입니다》[9]_ 이제 90세는 흔한 나이지

최근 몇 년 사이 할머니의 이야기를 다룬 책이 많이 보인다. 제목에 모두 '할머니'가 들어간다. 저자의 할머니 이야기를 다룬 에세이도 있고, 소설도 있다. 그리고 내가 어떤 할머니가 되고 싶은지 또는 할머니가 되어 가는 중에 어떤 기분이 들고 어떻게 삶이 달라지는지를 다룬 이야기도 있다. 어쨌든 노년을 사는 여자의 삶을 말하는 글들이다.

놀랍게도 작가는 20대다.

작가는 치매 할머니를 가족과 함께 돌보며 관찰하고 느낀 많은 이야기를 실감 나게 적었는데, 참 서정적이다. 가까운 사람을 돌보며 느낀 복잡한 감정으로 인한 에피소드도 가끔 등장하는데, 진부하다기보다는 등장인물들에게 애틋하게 정이 간다. 20대 취업 준비생 손녀가 할머니를 돌보는 것을 보며 그 옛날 내 언니가 떠올랐다. 우리 언니도 임용고시를 준비하며 친할머니 또

9   윤이재, 다다서재, 2020

는 외할머니를 모시고 병원에 다니고 목욕탕에 다니고 그랬었기 때문이다. 치매 노인이 있는 가족들 간에 때때로 생기는(피할수 없는) 불화를 보면서는, 친할머니가 돌아가시기 전의 우리 가족들이 생각났다. 각자의 회한, 할머니께 더 효도하지 못했다는 각자의 회한과 본인들의 인생 설움이 더해져 다들 오랫동안 갈등했더랬다.

사람이 가는 건, 정말 어려운 일이다.

《아흔 살 슈퍼우먼을 지키는 중입니다》는 웹툰으로도 연재되었는데, 책의 경우 이야기를 몽글몽글하게 만들어 준 건 표지의 힘이 큰 것 같다. 책도 첫인상이 중요한데, 이 책의 첫인상이 매우 동화적이기 때문이다. 나는 그 이미지에 기대어, 그 연장선으로 따뜻한 마음을 안고 글을 읽었고, 그래선지 웹툰이 시작된 것도 당연하게 느껴진다.

인상 깊었던 많은 이야기 중 하나는, 슈퍼우먼의 친구에 대한 이야기다. 슈퍼우먼만큼이나 나이가 많은 이웃집 할머니는 종종 슈퍼우먼에게 놀러 오는데, 할머니 둘은 힘들어서 주로 누워서 이야기한다. 그리고 누워서 각자의 이야기를 한다. 주고받는 이야기는 아니고 그냥, 각자 하고 싶은 말을 한다. 각자 하고 싶은 말을 하는 것에 의의가 있고, 주거니 받거니 하는 것에 의의가 있기 때문에 서로의 말을 자를 일도, 상대방의 말로 인해 마음이 상할 일도 없다. 허공에 대고 말하는 것 같지만, 할머니 두 분은 진정 상대방과의 대화 자체를 귀하게 여긴다. 그렇다면, 서로를 설득하거나 공감하지 못하면 어떤가.

사실 나는 이 부분을 읽으며 얼토당토않게 이런 생각을 했다. 내 시어머니랑 슈퍼우먼, 두 분이 친구가 된다면 정말 좋겠다. 그럼 참 좋겠다. 우리 어머니도 친구가 필요한데.

기억나는 또 다른 에피소드는 저자의 마음에 대한 것이었다. 어느 순간 자신의 일이 되어 버린 치매 할머니를 돌보는 일. 어느 날은 힘이 들어 폭발해 버리기도 한다. 저자는 이제 대학을 갓 졸업한 취준생일 뿐이고, 우리가 알다시피 20대 중반의 나이는 아직은 마음이 여리고 약한 때다. 좋은 마음으로 사랑하는 할머니를 돌보는 것에 동참했지만, 작가의 날들이 한편 어떠했을지 보지 않아도 읽지 않아도 짐작이 간다. 그 시절을 산 작가에게 훌륭하고 멋있다고 메시지를 전하고 싶다.

갑자기 혼자가 된 사촌 동생이 있었다. 나는 그때 대학생이었는데, 내가 그 집에 들어가 고등학생인 사촌 동생을 밥해 먹이고 살았다. 왜 내가 그런 결정을 했는지 지금은 잘 기억이 나지 않는다. 하지만 분명 난 그때 매우 버거웠고 힘들었다. 머리로는 최적의 대안이라 생각했는데, 실제 살아 보니 나는 아직 어리고 약했다. 고군분투했고, 우리 모두 힘들었다. 하지만 그렇게 우리 가족은 그 시절을 함께 살아 냈다. 가족이니까.

90세 노인의 이야기를 다룬 책을 만나면, 나는 반갑다. 91세인 내 어머니의 삶을 위한 참고서가 많아지는 느낌이랄까. 무엇이든지 아직도 책에서 배우는 나는 어머니의 삶도, 어머니의 마음도, 대비하는 방법도 책에서 찾는다.

그렇게, 그분을 이해해 간다.

2장

영영 남을
어머니의
말들

어머니의 말들

•

　　유유 출판사의 '말들 시리즈'를 읽은 지 꽤 오래되었다.

　　처음 읽은 책은 은유 작가의 《쓰기의 말들》. 어쩜 이렇게 잘 쓸까, 감탄하며 책 곳곳에 표시하고 밑줄 긋고 다시 읽고 그러면서 읽었다. 다음으로 읽은 《읽기의 말들》은 도서관에서 빌려 읽었는데, 읽으면서 이 책은 빌려 읽을 책이 아니라 사서 가져야 할 책이라는 생각이 들었다. 그리고 최근 전자책으로 읽게 된 《태도의 말들》과 《걷기의 말들》. 두 책 모두 회원제 전자책 서점에서 발견한 책들인데, 이 책으로 난 '프랑소아 엄'님과 '마녀 체력을 가진 편집자'님을 알게 됐다. 책을 좋아하다 보니 나만의 책 세계관이 생기는데, 내 세계관에 새로운 인물이 등장할 때는 정말 기쁘다.

아무튼 그래서, 내 세계관의 방식으로 내 어머니의 말들을 모아 보았다. 어머니는 차고 넘칠 만큼 기억에 남는 말들을 많이 하셨는데, 다 기억해 내지는 못했다. 하지만 꼭 어딘가에 메모해 놓고 싶고 누군가에게 말하고 싶을 만큼 인상깊었던 말들은 여기저기 남겨 놓있있다. 그 기록에 힘입어 쓰다 보니 하나의 장이 만들어졌다.

담뱃잎이 매워, 어여 들어가

●

대학 후 첫 직장은 소비자 단체였다. 단체장님이 금연 운동에도 관심이 많았기 때문에 담배의 폐해에 일찍 눈을 떴다. 하지만 시절은 그렇지 않았다. 유년기. 친척들이 모이면 안방에서 화투를 치며 담배를 피웠고, 대학 선배들은 강의실 복도에서 담배를 피우며 걸었다. 사회인이 되고 시작한 회식. 회식 후 내 몸과 머리카락, 심지어 핸드백 속 파우치에까지 담배 냄새가 깊숙이 배었다.

난 우리 시댁이 담배 사업자라는 걸 결혼 후 알았다. 세상에 한국담배인삼공사[10]측과 비즈니스를 하는 농부들이 있다니. 그게 내 시댁이라니. 그런데 왜 부자가 아닌가. 담배를 만드는 회사는 엄청 부잔데, 어마어마한 세금을 국가에 내고도 담배는 계속 팔릴 만큼 독점 시장인데. 한편 간접흡연도 나쁘다는 그 담뱃잎을 직접 만드는 시댁 식구들은 과연 건강에는 문제가 없을까, 그런 생각도 했다.

어느 여름 큰시누이 집에 갔는데, 분명 우리가 오는 걸 모두 알고 있었는데, 집이 텅 비어 있었다. 뒤뜰에도 나가 보고 집 앞 골목길도 나가 봤는데 아무도 없었다. 조금 후에 옥상에서 시어머니가 내려오셨다. 날 알아보고 깜짝 반색을 하며 하신 말.

"애기, 얼른 들어가."

"들어가면 집 밖으로 나오지 말어."

"담뱃잎이 엄청 매워."

곧이어 시어머니와 큰시누가 들고 내려오는 담뱃잎 뭉텅이와 담뱃잎을 고추처럼 펼쳐 말리는 그 돗자리는, 땅으로 내려오자마자 눈이 시릴 정도로 매운 기운을 뿜었다. 어머니

---

10 현재 주식회사 케이티엔지(KT&G Corporation)로 민영화되었다.

는 항상 같은 계절에, 항상 큰딸 집을 돕기 위해, 담뱃잎을 말리기 위해, 꼬박 10년 20년 30년 큰시누이 집으로 오시는 분이다. 그런 분이 나에게 그리 말했다. 얼른 들어가라고, 담뱃잎이 맵다고. 어느 남자에게 받는 사랑보다 따뜻했다.

어머니 나이, 77세 때의 이야기다.

에미야, 이거 너 가질래?

●

90세 노인이 혼자 사시는 집의 살림살이는 매우 검소하다. 드라마 '응답하라 1988'에 나올 법한 짤순이를 치운 것이 불과 몇 달 전이고, 1970 ~ 80년대 그때 그 시절 박물관에 가야 있을 법한 '스댕(스테인리스강)' 밥상도 아직 그대로 있다. 문을 열 때마다 '끼익' 소리를 내는 커다랗고 좀약 냄새가 나는 장롱, 삭아서 청소할 때마다 골칫거리인 창틀, 장롱 서랍에 깔린 신문의 날짜는 무려 1990년대였다.

가구와 집기류는 그렇다 치더라도, 음식들은 무슨 일인가. 냉장고 서랍 속 조미김, 싱크대 속 각종 기름들은 유통기한을 종종 넘기고, 냉동실 속 얼린 음식들은 들어간 시기를 알 수 없으니 얼마나 되었는지 가늠할 수 없다. 이 집에는 무슨 일이 벌어지고 있는 건가. 도대체 왜 이리 물건을 아끼고 아끼고 또 아끼고, 오래된 물건을 버리는 것뿐 아니라 새로운 물건 사들이는 것을 병적으로 거부하시는 걸까.

처음 결혼을 앞두고 어머니 댁을 방문했을 때 나는 혼자 야심 차게 계획했었다. 저 오래된 이부자리들을 싹 다 버리고, 포근하고 산뜻한 것으로 싹 다 바꿔 버려야지. 뚱뚱하고 먼지 쌓인 텔레비전도 버리고, 짝 없는 젓가락들도 다 버려 버려야지. 시장에 가면 많이 있는 싸디싼 속옷, 양말들을 올 때마다 사 날라야지. 그렇게 살뜰하게, 이 나이 든 여자의 집을 싹 다 바꿔 버려야지. 그런데 웬걸, 계획은 번번이 수포로 돌아갔다. 그리고 '자식 이기는 부모 없다'가 아니라 '부모 이기는 자식 없는' 시댁 가족들을 이해하는 반열에 들어섰다. 나는 어머니를 이길 수 없었고, 앞으로도 이길 수 없다. 유통기한 지난 라면 하나, 두유 하나도 우리는 어머니의 허락 없이 버릴 수 없었고, 급기야 명절 뒤 발생한 음식물 쓰레기는 몰래 옷가방에 숨겨 서울로 가지고 올라와 버려야 할 상황이 됐다.

그렇게 그냥 '아무도 못 말리는 우리 어머니'로 생각하고 살던 어느 날, 지인이 이런 이야기를 했다. 지금 80대에서 90

대의 나이로 살고 계신 할머니들은 다 비슷한 성정을 보이는데, 그건 물자와 돈에 대한 순진한 믿음과 고결한 마음가짐이라고. 일제 강점기와 남북 전쟁 시기를 거친 그들에게 물자란 무엇이겠냐고. 그들은 모든 물자에 대해 그러한 마음가짐을 가질 수밖에 없었을 거라고. 그러니 항상 모든 물자에 악착같은 그들을, 유별난 그들을, 이해하진 못하더라도 그냥 봐 드릴 순 있지 않을까 싶고. 일제 강점기와 전쟁을 거친, 그 지난한 세월을 거친 내 시어머니라니. 그렇담 나도 이해하지 못할 것도 없지 않을까, 그런 생각이 들었다. 내 상상력으로는 절대 어머니의 삶을 이해하지 못할 수밖에. 박경리 소설 《토지》를 보고 그렇게 몇 날 며칠을 기억하고 슬퍼했던 내가, 내 집 안에 사는 1933년생을 이해 못 할 리가.

그렇게 아무것도 들이지 못하게 하고, 아무것도 버리지 못하게 한 결과, 어머니 댁에는 탐나서 가져올 만한 것이라곤 아무것도 없다. 하지만 내가 가면, 자식들이 가면 뭐라도 들려 보내려는 마음이 방망이질 치시나 보다. 그 좁은 집을 종종 돌아다니며, 줄 게 없으면 냉장고 속 유통기한이 다 지나버린 조미김이라도 주시려 하고, 말하면서 이미 포장하고 계신다.

그러던 어느 날 어머니네 찬장 속 50년도 훌쩍 넘은 그릇들을 발견해 버렸다. 너무 예뻐서 나는 바로 말했다.

"어머니, 저 이거 가져가도 돼요?"

"이거? 이거 가져갈래? 그래, 다 가져가라."

"나는 혼자 사니까 두 개씩만 있으면 돼."

"밥공기도 가져가고 국그릇도 가져가라."

어머님 댁에서 가져온 오래된 밀크 글라스 접시와 스댕 소주잔. 그렇게 업어온 빈티지 그릇들. 인터넷에 찾아보니까 이런 류의 접시를 '빈티지 밀크 글라스'라고 한단다. 옛날 옛적 서울 우유 머그잔, 칠성 사이다 머그잔, 그런 것들과 비슷한 느낌이다.

내가 먼저 뭘 달라고 한 게 처음이어서 그런지, 어머니 목소리에 반가움이 역력했다. "그래?", "이거 가져갈래?"라고 묻고, 의기양양하게 "그래, 너 가져가라."라고 하셨다.

마치 초등학생 내 아이가 자기 지우개나 연필 따위를 주며 "엄마 회사 가서 써!"라고 의기양양해 말하는 듯했다. 그렇게 가져온 그릇들을 나는 정말 일상생활에 사용 중이다. 거기에 반찬을 담아 먹으며, 그 소주잔에 가끔씩 소주를 한 잔 담아 마시며, 그렇게 그분을 생각한다. 생각이라도, 기도라도 하고자 한다.

그럼 뭐 먹고 사냐

●

2020년 3월 코로나 팬데믹이 시작되자마자 나는 휴직했다.

나는 외국인에게 한국어를 가르치는데, 외국인들이 입국하지 않으므로 당연히 학생 수는 급감했고, 학교 측에서는 무급 휴직 신청을 받았다. 코로나도 무섭고 집에 하루 종일 혼자 있을 아이도 걱정되었던 나는, 1기 무급 휴직자가 되었다. 그때는 사실, 2년 가까이 지속적으로 무급 휴직을 받아야 하는 상황이 발생할 줄 몰랐다. 학교도, 강사들도, 어느 누구도. (3개월 후 나는 복직했지만, 꼬박 2년 동안 온라인 수업이 지속됐다.) 2020년 여름, 잠깐 코로나가 소강상태에 접어들었을 때 어머니를 뵈러 갔었다. 거의 반년 만에 만난 어머니께서는 날 보자마자 손을 잡으며 여러 가지 궁금한 점과 걱정스러운 점들을 쏟아내셨다.

"돌림병이 아주 심하다면서? 콜레라? 그게 뭔 병이길래 이렇게 난리냐?"

왠지는 잘 모르겠는데, 어머니는 '코로나'보다 '콜레라'라는 단어가 더 입에 붙으시나 보다. 주섬주섬 복지관에서 노인들에게 배부한 마스크 한 박스를 찾아와, 집에 갈 때 꼭 가져가라고 챙겨 주시며 하시는 말씀.

그리고, 그 질문을 허 셨다.

"에미랑 애비는 일하러 나가? 쉬었어? 계속 일을 못 나가면 어뜩하냐. 뭐 먹고 사냐."

정말 넉넉한 살림이 아니고서야 사실, 회사원들은 한 달 벌어 한 달 먹고 산다. 다들 그렇게 산다. 나는 무급이어도 위험한 시기에 차라리 쉴 수 있어 다행이다 싶으면서도, 이렇게 그냥 쭉 쉬게 되는 건 아닐까 걱정이 되었던 것도 사실이다. 결혼 후 어느 해인가, 여덟 살 조카가 장이 꼬였는지 배가 많이 아파 설날 아침에 응급실에 간 적이 있었다. 차례상을 준비하다 말고 허둥지둥 아주버님과 형님이 집을 나서는데, 현관까지 따라나서며 어머님께서 하신 말씀.

"돈은 있어? 카드 있어?"

그때 어머니 나이가 80대 초반이었다. 80세가 되어도, 90세가 되어도, 부모님의 자식 걱정은 이렇구나. 90세가 된 노인께서 며느리의 일자리의 안녕을 걱정한다. 우리가 아직 변

변치 못해 이런 걱정을 하시나 보다 부끄러운 마음이 들기도 하지만, 마흔이 넘은 날 아이처럼 걱정해 주시는 분이 있다니 마치 할머니에게 응석을 잘 부린 손녀가 된 기분이었다. 이번 기회에 휴가라 생각하고 푹 쉬어라, 그런 말은 여기저기서 많이 들었다. 하지만 누구에게도, 돈벌이가 끊겨 걱정스럽기도 하겠다, 그런 말은 듣지 못했다. 아니 사실, 그런 말을 오해 없이 주고받을 관계기 없다. 내 어머니 아니고서야 누가, 어머니의 마음으로 내게 그런 말을 건넬 수 있을까.

며칠 전 지하철을 기다리는데, 지하철 플랫폼에서 어떤 청년이 삼각 김밥을 먹고 있었다. 지하철이 들어오는지 계속 전광판을 확인하며 서둘러 허겁지겁. 아마 대학생쯤 된듯하고, 배가 고파 편의점에서 삼각 김밥을 샀는데, 지하철을 타기 전 빨리 먹어야 하니까 씹는 둥 마는 둥 막 입에 넣는 것 같았다. 난 그런 청년들을 볼 때마다 엄마의 마음이 된다. 머지않아 내 아이도 대학생이 될 거다. 내 아이의 청춘은 분명 찬란할 거다. 하지만 동시에 배고프고 고달프고 어리숙한 청춘도 함께 올 거다. 한때 나도 내 인생이 참 고달프다, 애처롭다 느끼던 시절도 있었지만, 겪을 땐 몰랐고 지나고 나니 알게 된 시절들도 많다. 어쨌든, 부모의 입장에서 보면 청춘에는 찬란함보다는 고달픔이 더 많아 보일 것이다. 그걸 덤덤하게 보아 넘길 자신이, 나는 벌써부터 없다. 가끔 자는 아이를 보며 남편에게 말한다.

"도대체, 몇 살까지 귀여울까?"

사실 "몇 살까지 애달플까?"라고 말하고 싶을 때가 더 많다. 사람이 되어 가는 과정(마늘을 먹고 사람이 된 곰이 생각나니 다른 표현으로 바꾸자면), 인생을 살아가는 과정에서 당연 겪어야 할 일들을 겪고 있을 뿐인데 나는 내 아이가 너무 애달플 때가 있다. 정녕 몇 살 쯤이면 그 애달픔이 사라질까. 서른? 마흔? 쉰쯤 되면 이제 내가 자식에게 의지할 순서구나, 그런 생각이 들까? 우리 어머니를 보면서, 그런 희망은 버려야겠다는 생각을 했다.

90세가 되어서도 며느리의 직장의 안부를 묻는, 내 시어머니를 보면서.

이제 일 그만하고 집에서 쉬면 안 돼?

•

초복이어서, 삼계탕을 사서 어머니를 뵈러 다녀왔다. 삼복더위에 어머니 집 주방에서 뭔가를 끓일 자신도 없고, 뭔가를 끊인다며 어머니 집을 덥힐 생각도 없어서, 집 근처 삼계탕 집에서 포장을 했다. 어머니께서는 한 주 전부터 오지 말라는 전화를 여러 차례 하셨다. 우리는 간다는 말도 안 했는데, 안 와도 되니까 오지 말라고도 하셨다.

우리는 요즘 어머니께 미리 간다고 전화하지 않는다. 그냥 불시에 들이닥친다. 사실, 전화로 의사소통이 거의 되지 않는다. 만나서 이야기를 나누면 입 모양을 보고 표정을 봐서 그런지 그런대로 대화가 되는데, 전화로 통화하려면 목적한 바의 10%도 달성하지 못하고 전화를 끊기 일쑤다. 작년부터 주 6일 방문하는 요양 보호사를 통해 어머니의 모든 동태가 파악이 되어서, 굳이 어머니께 무언갈 묻지 않게 된 이유도 있을 거다. 이번에도 불시에 들이닥친 우리를, 어머니는 집 앞 의자에 앉아 기다리고 계셨다. 마치 우리가 올 걸 예상하고 있었던 것처럼.

그런데 진짜로 어머니는, 복날이니까 내가 올 거라고 예상하고 계셨다. 막내며느리가 복날은 꼭 챙기는 걸 아셔서, 초복 한 주 전부터 전화를 하신 것이다. 작년 초복에는 마침 함께 지내고 있는 시누이 가족들과 즐기시라고 치킨을 시켜 드렸었는데, 그것도 정확히 기억하고 계셨다. 아흔 살 노인에게 튀긴 닭요리는 결코 먹기에 마땅한 음식은 아니었을 거다. 그걸 알면서 배달시키는 나도, 마땅치 않으면서도 맛있게 잡쉈다며 반복해 고마움을 표하시는 어머니도, 참 생각하면 생각할수록 찰떡궁합이다.

연신 웃으며 뭐하러 왔냐고 말씀하시던 분이 갑자기 내 손을 잡고 말씀하셨다.

"에미야, 이제 일 그만하고 집에서 쉬면 안 돼?"

사실 처음에는, 어머니의 질문의 요지를 파악하지 못했다. 이게 무슨 말인가.

"아비 혼자 벌어서는 안 돼? 언제까지 일할 거야?"

비로소 나는, 어머니 말씀의 요점이 파악되었다. 힘들지 않냐고, 그만 일하고 집에서 놀고 쉬라고, 그런 말을 연달아 하시며 또 말씀하셨다. 어머니 노인 연금 통장에 돈 있으니까 그걸로 맛있는 거 사 먹으라고.

90세 노인에게, 일하는 이유는 돈이 전부일 거다. 그리고 그건 정말 맞다. 돈은 중요하니까. 하지만 아직 70대 초반인 내 친정어머니께서는, 내가 일하는 이유에 돈을 넘어서는 무언가가 있다고 어렴풋이 짐작하신다. 집에서 살림만 하는 건 허무하다고, 아이는 내가 키워 줄 테니까 그리고 할 수 있으면 계속 일을 하라고도 이야기하셨다. 구십 노인과 칠십 노인의 차이는 이렇게 크다. 하지만 구십 노인의 그 촌스럽고 순진한 마음에 나는 자주 위로를 받는다. 이렇게 어머니의 물정 모르는 소리가 나는 정말 좋다.

어머니는 물정 모르고, 촌스럽고, 구식이고, 단순하다. 그래서 나는 무장 해제되고, 덩달아 단순해지고 편안해진다. 다들 이치에 맞는 말만 하는 세상에서, 나를 물정 아는 말만 해서 더러 속이 상하는 세상에서, 물정 없는 소리 하는 사람 한 명쯤은 있어야 하지 않나. 그런 사람 하나, 나는 가졌는데.

에미야, 이게 뭐냐?

•

1933년생이신 내 어머니께서는 호기심이 많으시다. 어머니가 나이에 비해 정정하신 이유 중 하나는 아마도 끊임없는 호기심인 듯하다. 친정어머니가 그러시는데, 본인이 겪어 본 바에 의하면 사람이 나이가 정말 정말 많아져 돌아가시기 전이 되면 '아아무[11] 것에도 관심이 없어지신다'고

---

11 나이 드신 분들의 말투를 살리기 위해, '아무'라는 단어를 말맛 나게 '아아무'라고 표기했다.

했다. 그런데 우리 어머니는 아직도 궁금하신 것투성인 걸 보면, 아주 반가운 시그널이다.

어머니는 천식이 있으셔서 바로 앞 화장실만 다녀오셔도 숨을 몰아쉬신다. 현관 바로 앞, 차에서 내려 거실까지 걸어온 후에도 한동안은 숨을 가쁘게 몰아 쉬셔서, 과연 운동이라는 게 가능한 걸까, 병원에서는 집 안에서라도 걸으라고 하는데 그건 본인들도 어렵다는 걸 알면서 하는 소리라는 생각이 든다.

지난 여행 때도 그랬다. 펜션 현관문 바로 앞에 차를 세웠는데도, 거기서 펜션 거실까지 걸어오시느라 매우 힘드셨다. 그리고 그 자리에 그대로 앉아 점심을 드시고 텔레비전을 보시고 자식들이랑 회포를 푸셨다. 어머니가 거실에 그렇게 그림처럼 앉아 계시는 동안 나는 넓은 펜션을 이리저리 돌아다니느라 바빴다. 가족이 많아 우리는 2층짜리 독채 펜션을 구했고, 화장실도 많고 방도 많고 주방은 어디 수련회에 왔나 싶을 만큼 커서 동선이 너무나도 길었기 때문이다. 2층에 설치된 빔 프로젝터를 이용해 조카들이 영화를 보게 해 주고 있었는데, 갑자기 어머니가 나타나셨다. 아니, 숨이 차서 화장실도 힘겹게 가시는 분이, 나선형 계단을 올라와 2층 복도를 지나서 이 끝방에 나타나시다니! 우리는 정말 놀랐다.

"어머니, 여기까지 오셨어요? 왜요, 뭐 필요하세요?"

"응, 구경하러 왔지. 아주 방이 곳곳에 많구나."

깜짝 놀라 따라 나가니, 세상에나 어머니는 구경을 하러 오셨다고 했다. 집이 아주 좋다며, 이렇게 멋지게 지어 놓고 세를 받아먹고 살다니 아주 머리가 좋은 사람이라며, 이 방 저 방 문도 열어 보셨다.

"여기는 화장실이구나"

"오호, 여기도 화장실이구나"

"콤퓨타도 있구나"

만족스러운 구경을 하시고는, 아주 살살 조심성 있게 난간을 붙잡고 내려가셨다.

호기심은 사랑의 다른 말이라 했다.

삶에 대한 호기심들은 사랑을 의미하고, 사랑이 있는 한 어머니의 삶은 희망적이다. 보통은 모든 것에 관심이 없어진다는 연세 구십에, 새로운 것을 보고 '이게 뭐냐?'라고 물으시는 것은 정말 반가운 일이다.

어머니는 새로운 걸 보면 꼭 물으신다.

"에미야, 이게 뭐냐?"

한번은 찬장에 있는 뜯지도 않은 각종 조미료들을 하나하나 꺼내시며, "이게 뭐냐?"를 반복하시고, "오, 그래? 이게 간장이여? 맛소금이여?" 하며 하나하나 여러 번 반복하셨다. 어머니는 글을 모르시기에 뜯지 않고서는 내용물을 알 수 없는데, 다 새 거라서 맛을 못 보니 알아낼 방도가 없으셨던 거다. 그러고 보니 겉에서 내용물이 안 보이는 병들이 수두룩하다. 밀가루와 부침가루 그런 것들도 마찬가지다. 글을 모른다면 뜯지 않고는 그것들의 정체를 알 수 없다. 막막함. 글을 아는 나는 한 번도 생각해 보지 못한 막막함이다. 이건 내가 아무리 어머니의 마음을 헤아려 보려 노력해도 짐작할 수 없는 영역이다.

어머니의 말은 항상 신선하다.

90세 어머니와 함께하는 시간 속 여러 슬픔과 애잔함 속에서 나는 종종 색다른 신선함을 느낀다. 내용이 슬프고 아플 때도 많지만, 어머니의 말 자체는 확실히 색다르다. 그 색다른 말들을 수집하고픈 마음이, 이렇게 어머니 이야기를 쓰기까지 하게 만든 것 같다.

새로운 걸 보고 구경하는 걸 이렇게나 좋아하는 분이신 것이, 나는 이제야 보인다.

월급은 누가 주는고?

●

　우리 어머니는 내 직업을 아주 잘 아신다. 아마도 시누이들에게 들은 듯한데, 외국 사람한테 한국어를 가르치는 게 정말 힘들 텐데 그 어려운 일을 한다며 아주 기특해 하신다. 아마 내가 무슨 일을 하는지 어머니를 매일 만나는 요양 보호사님은 귀에 못이 박히도록 듣고 계실 것 같다. 어머니는 종종 물으신다. 몇 명을 가르치는지, 목은 안 아픈지, 점심은 도시락을 싸 다니는지 아니면 밖에서 사 먹는지, 지하철을 타고 다니는지 운전을 하는지, 가는 데 얼마나 걸리는지 등등. 매번 물으시고 나는 매번 대답한다.

　그런데 이 여러 가지 질문 중 가장 재밌었던 질문은 이거다.

　"에미야, 근데 니 월급은 누가 주냐?"

　"네? (이게 무슨 말씀일까)"

　"학생들이 걷어서 줘?"

　(아… 난, 소리 내서 웃었다.)

　"아니요. 어머니, 학교에서 줘요."

　"오호, 그래? 학교에서 학생들한테 받아서 주나 부다?"

　나는 대답하면서 상상했다. 매달 한 번씩 학생 중 한 명이

돈을 걷어서 나에게 주는 상상을. 뭐, 학생들이 낸 돈으로 내가 월급을 받는 게 맞긴 하지만.

내 어머니는 뉴스도 경청하신다. 열다섯 살 손주가 갈 군대는 이제 2년도 안 되게 짧아졌다는 것까지 알고 계시고, 노인연금이 10만 원 오른다는 것도 나보다 먼저 아시는 분이시다. 지난달에는 노인연금(기초 노령 연금) 오른다고 그랬는데 통장 찍어봤냐고 물으셔서, 그제야 나는 뉴스를 찾아봤다.

반가운 호기심. 얼마 전에는 우리 막내 손주 공부는 잘하냐며 물으시더니 '공부 잘해서 의사나 됐으면 좋겠다'라는 말씀을 하셨다. 그리고는 본인이 생각하기에도 재미있는 이야기를 했다 싶으셨는지, 민망한 듯 헤헤 웃으셨다. 그 전에는 한 번도 그런 이야기를 하신 적이 없는데, 얼마 전 요양 병원에 들어가신 후로 매일 만나는 담당 주치의 선생님이 매우 멋져 보이셨나 보다. 그리고 뉴스에서 하도 의사, 의사 하니까, 90세 노인의 귀에까지 그런 뉴스들이 흘러들어갔나 싶기도 하다.

아무튼 이쯤 되면 내 어머니를 90세 중 가장 호기심 많은 분으로 인정해 드려도 되지 않을까 싶다.

나도 왕년에

●

우리 시어머니는 홀로 된 지 30년 되셨다.

시아버지께서 환갑 즈음에 돌아가셨으니 곧 30년이 넘는다. 7명의 자녀를 한 명도 결혼시키기 전이었고, 막내인 내 남편은 그때 중학생이었다. 그 후로 줄곧 한 가정의 가장이셨고, 본인이 직접 농사를 짓거나 남의 일을 하러 다니셨다. 내가 결혼할 즈음이었던 75세에는 감자를 캐러 다니신다고 했고, 그 후로도 묘목을 심으러 다니신다, 담배 걷이를 하러 다니신다, 여기저기 그 업계에서 이직을 잘도 많이 하셨다.

어머니가 말수가 적어지시고, 얼른 (아버지가 계신 그곳에) 가고 싶다 하시고, 다른 어떤 것에도 관심이 없어지시기 시작하신 건 더 이상 어머니를 찾는 곳이 없어지면서부터다. 허리뼈가 부러져 한 계절을 누워계신 후 묘목 심는 곳에서 이제 할머니 더 이상 오지 마시라고, 그랬다고 한다. 새벽에 봉고에 실려 묘목 심으러 다니면 일당이 얼마라며, 자부심을 갖고 하시던 일이었다. 그렇게 평생 직장생활을 하셔서인지 모르겠는데 어머니께서는 결혼할 때부터 내 출퇴근에 매우 관심이 많으셨다. 어디로 나가냐(서울이냐 안양이냐), 뭘 타고 가냐(앉아서 가냐 서서 가냐), 얼마나 걸리냐(하루에 왕복 몇 시간이냐), 몇 시에 집에서 나가냐(아침은 어떻게 먹고 가냐, 꿀이라도 타 먹어라), 점심은 사서 먹냐 싸서 가냐 등등. 그로부터 15년이 지난 지금, 어머님은 그때처럼 많은 걸 자세히 묻지는 않으신다. 하지만 여전히 어디로 출근하냐(지역을 물으시는 듯), 몇 시에 퇴근하냐(돌아와서 밥해먹기 귀찮겠다), 몇 명을 몇 반이나 가르치냐(목 아프겠다)는 종종 물으신다.

돌이켜 보면, 내 친정엄마도 내가 가르치는 학생이 한 반에 몇 명이냐까지 물으신 적은 없다. 잘 듣지 못하시기 때문에 주로 질문에 의의가 있어 보이지만, 이것은 어머니가 줄곧 밥벌이와 집안일을 함께 하는 삶을 사셨기에 가능한 질문이 아닐까 싶다. 해가 뜨면 종종걸음이 시작되는 삶. 새벽부터 종종거리며 일터에 가고, 돌아오면 식구들을 위한 밥을 해야 하고, 또 산 넘어 산처럼 나를 기다리고 있는 집안일들이 있고. 당신이야 남편을 일찍 떠나 보내 어쩔 수 없이 했지만, 남편이 있는데 씩씩하게 함께 밥벌이를 해 주는 막내 며느리를 항상 기특해 하신다.

그 마음을 표현하고자 어머니는 나에게 매번 직장의 위치를, 출퇴근 시간을, 점심 식사를, 그렇게 잊지 않고 반복해 물으시나 보다. 본인도 왕년에는 헐레벌떡, 하지만 씩씩하게 일하러 직장에 다녀 봤으니까.

아이구, 이쁜 것

●

어머니 나이가 많아지면 많아질수록, 소통이 매우 적고 단순해지는 것을 느낀다.

많은 말이 긴 시간 오고 갔지만 결국 헤어질 때 보면 처음에 고집하신 그 의견만을 되풀이하실 때. 저녁 상에 이것저것 많은 반찬이 올라왔지만, 고기를 사 온 막내아들에게 "애비야, 고기 사와 줘서 고맙다. 잘 먹었다."라며 '고기 사온 사람'만 기억하실 때. 어머니는 왜 듣고 싶은 것만 들으시는 걸까, 보청기를 안 끼시는 이유는 본인 말만 하시고 남의 말은 안 듣겠다는 의지의 표현이 아닐까, 속상했던 적도 있다.

남편은 열두 살에 어머니와 헤어져 서울로 보내졌다. 열두 살이라니. 아직은 아이였을 열두 살의 남편은 그때부터 쭉 누나네 집에서 살았다. 누나의 남편과 누나의 아들과 함께. 그래서 너무 죄송하지만 남편은 사실, 어머니와 데면데면하다. 누나가 잘 살펴주었지만, 그래도 열두 살은 엄마 없이 자라기에는 아주 힘든 나이였을 거고, 그래서 남편은 아주 어릴 적부터 '세상은 혼자'라 여겼다. 남편을 옆에서 살펴보면, 뼛속까지 배어있는 독립적인 그 무언가가 느껴진다.

그리고 내가 시어머니를 처음 만났을 때 어머니는 일흔다섯이었다. 뭔가 교감을 나누기에는 나이 차이가 많이 났고, 실제로 어머니 큰손녀와 나는 몇 살 차이가 나지 않았다. 게다가 어머니는 하루가 다르게 늙어갔고, 나는 하루가 다르게 바빠져만 갔다. 우리는 적게는 일 년에 두세 번, 많게는 일 년에 네다섯 번 만났다. 내가 하고픈 이야기는, 어머니와 나는 정이 들 시간이 없었다는 거다. 그런데도 나는 심하게 어머니를 애달파한다. 어머니가 한 살, 두 살 나이 드시는 게 참 서글프고, 돌아가시면 어쩌나 걱정도 많다. 얼마나 걱정을 해 댔던지, 나이 많은 시누이들이 오히려 나를 위로한다. 나이 먹으면 다 그런 거라고. 너무 속 끓이지 말라고.

노을 지는 저녁이면, 불 꺼진 방에 혼자서 우두커니 앉아 계실 어머니가 상상이 됐다. 비가 오는 날이면, 무더운 여름이면, 갑자기 눈이 오는 겨울이면, 맑은 날은 맑은 날대로 흐린 날은 흐린 날대로 어머니의 고독이 마음 아팠다. 이건 분명 정은 아닌데, 어머니에 대한 효심은 더더욱 아닌데, 이건 뭘까. 혼자 결론짓기로 이건 측은지심이구나. 죽마고우와 이야기하기로 나이 든 사람에 대한 연민이구나. 책에서 읽고 머리로 이해한 내 이성의 산물이구나. 나의 감정은 그거구나, 그렇게 결론짓고 나니 한편 죄스러워졌다. 그러던 어느 날, '나의 해방 일지'라는 드라마에서 이 대사를 듣고, 조금 홀가분해졌다.

"사람 감정이 이건 연민, 존경, 사랑, 이렇게 딱딱 끊어져요? 난 안 그렇던데 한 덩어리로 있던데. 나 태훈 씨 존경해요. 연민도 하고 사랑도 해요. 다 해요." [12]

사람 감정이 이건 효, 이건 사랑, 이건 연민, 이건 측은지심 이렇게 딱딱 끊어지지 않는 게 맞구나! 나는 내 90세 시어머니를 사랑도 하고 존경도 하고 불쌍해하기도 하는구나. 틀린 게 아니었어. 나의 감정을 이렇게 설명해 준 드라마 작가님께 진정 감사했다.

그 주말에도 어김없이 어머니와 나는, 우리의 무대에서

---

12 JTBC 드라마 '나의 해방 일지' 16회, 극중 인물 염기정의 대사 중

'발단-전개-위기-절정'을 거치고, 늘 그렇듯 훈훈한 엔딩을 이끌어냈다. 그날 어머니는 내게, '왜 이렇게 싫단 말을 자꾸 하냐'고 성을 내셨다. 어머니가 늘상 그리시는 것처럼, 냉장고 속 모든 음식을 우리 가방에 옮기고 계셨기 때문이다. 우리가 준비해 간 음식들이야 정 싫으시다면 다시 싸올 수 있지만, 시누이들이 바로 어제 해다 준 반찬들을 홀랑 내가 다 가져갈 순 없어서 절정이 좀 길었더니, 싫단 소리 듣기 싫다며 성을 내셨다. 실랑이에 지친 나는 갑자기 에라 모르겠다, 어머니 무릎에 누워 버렸다. 작고 작은 어머니 무릎에. 정말 힘들었고, 마침 어머니 무릎이 거기 있길래 누워보고 싶기도 했었다. 바로 그때, 방금까지 소리 지르시던 어머니가 내 볼을 쓰다듬으며 볼에 뽀뽀를 하셨다.

"아이구, 이쁜 것. 그래, 누워서 좀 자다가 가."

아마 어머니는 또, 이것만 기억하실 거다. 오늘의 실랑이와 오늘의 이야기들은 싹 다 잊고, 마지막에 며느리 볼에 뽀뽀할 때 느꼈던 기쁨, 그것만 기억하실 거다. 그리고 나 또한 그것만 기억날 거다. 비록 오늘 처음으로, '염병한다'는 새로운 욕을 어머니께 들었지만.

지랄헌다

•

세탁기를 들였다.

주 5회, 90세 어머니 댁을 방문키로 한 요양 보호사께서,
세탁기 없는 집을 보더니 퍽 난감해 하셨다고 한다. 어머니
댁에는 사실, 아직 짤순이가 있다. 텔레비전에서만 볼 수 있
는, 세탁은 못하고 물을 짜내는 것만 가능한 짤순이. 아무튼
어머니는 무언가 새 물건을 집으로 들이는 것을 극도로 싫어
하시기 때문에, 사전 양해나 언질 없이 세탁기를 들고 업체
직원과 쳐들어갔다. 눈이 휘둥그레진 어머니께는, 아파트 단
지 내 이사 가는 집에서 버리려고 내놓은 걸 주워왔다고 둘러
댔다. 얼떨결에 세탁기를 받으신 어머니께서는 곰곰 생각해
보시더니 내 거짓말을 알아채셨다. 내가 내일모레 죽을 건데
이런 걸 왜 뭐하러 돈 주고 사 왔냐며 목청껏 소리를 지르셨다.

"어머니 돌아가시면, 제가 가져다 쓸게요."

사실 이런 접근은 한 번도 안 해 봤는데, 무리수를 두고 한
번 해 봤다.

"니가 이걸 가져다 쓴다고? 지랄허구 있네."

이런, 어머니께서도 무리수를 두신다. 나에게 욕을 하신

적은 한 번도 없었는데, 어머니께서도 말을 하고 아차 싶으셨는지 "우습다"라고 말끝을 흐리시며 웃어 버리셨다. 어쨌든 위험을 감수하고 무리수를 둔 덕에 세탁기 사건은 일단락이 났다.

세탁기 대거리가 끝나고 난 후, 이번에는 집에 있는 온갖 식량들을 싸 주신다며 일어났다 앉았다가를 반복하셨다. 부침가루, 고구마, 조미김, 마스크까지. 집에 있는 온갖 것들을 싸 가라며 싸기 시작하셨다. 자식들이 어머니가 두고 먹을 수 있게 사다 놓은 모든 것을 싸신다. 당장 오늘 점심에 먹을 반찬 하나 없는데, 쌀은 싸 주겠다 하시지 않는 게 다행일 정도다.

"어머니 자꾸 이러시면 저 이제 안 올 거예요."

앞서 무리수를 둬 성공한(?) 전적이 용기를 북돋아 주어, 다시 한번 무리수를 뒀다.

"그래. 오지 마라."

이번엔 안 통한다. 나는 얼른 꼬리를 내렸고, 어머니께서는 남편 몰래 우리 옷가방에 이것저것 야무지게 넣으신다. 남편이 보지 않는 곳에 앉아, 나에게 윙크를 하시기도 한다. 눈을 찡긋 하시면서 '이제 너와 나는 공범이다'라는 이야기실까.

항상 그렇지만 이런 실랑이는 조금만 해도 기운이 빠진다. 그래도 우리는 뭔가 의식을 행하듯 항상 헤어질 때 이런 실랑이를 한다. 조금 더 기싸움을 해 볼까 하다가, 문득 그런 마음이 들었다. 어머니는 다섯 명의 딸과 이런 싸움을 얼마나 반복하실까. 그 다섯을 어머니는 종종, 이기지 못하셨을 거다. 젊었을 때랑 달리, 본인이 하고픈대로 못 하신 일들이 수두룩할 거다. 그나마 막내며느리인 내가. 어머니께서 위엄을 세울 수 있고, 세우고 싶은 마지막이지 않을까 그런 생각을 했다. 어머니의 눈빛에서, '막내 너만이라도, 내 말 좀 들어 주라. 이것 좀 가져가라.' 그런 소리가 들리는 것 같았다.

과거의(내가 결혼하던 즈음의, 70대 중반의) 어머니는, 그 누구도 어머니의 뜻에 맞설 수 없을 만큼 강하고 강단 있었다. 어머니는 70대 노인답지 않게 목소리도 크고 힘도 세고, 고집도 무척 셌다. 무엇보다 위엄이 있었다.

어머니께서는 그 시절의 본인이 많이, 그리우실 거다. 살아보니 청춘만 그리운 것이 아니라, 유년기만 그리운 것이 아니라, 작년도 그립고 지난달도 그립다. 아니 오히려 세월이 흘러가는 게 느껴지며 아쉬운 건 2년 전, 3년 전이 더하다. 내가 이러니 아마 어머니도 그러실 것 같다. 씩씩하게 밭

일 나다녔던 70대가, 씩씩하지는 못해도 아직은 나다녔던 80대가, 그리우실 것 같다.

내 어머니 나이 89세 때의 이야기다.

나 죽으면 사다 해

•

시댁에는 1년에 두 번의 제사와 두 번의 차례가 있었다.

1년이면 네 번, 형님과 어머님은 항상 켜켜이 전을 부치고 만두를 빚고 송편을 빚고 나물을 볶았다. 나는 항상 늦게 퇴근하는 막내며느리였고 결혼 1년 후 출산, 아기를 낳았기 때문에 사실 나의 노동의 역사는 그리 길지 않다. 시댁에 가면 형님과 어머니가 싹 다 해놓고 우리를 기다리는 경우가 많았고, 시누이 집에 가면 살림 베테랑 시누이들이 순식간에 모든 음식을 준비하셨다.

모든 음식 장만의 중심에는 어머니가 계셨다. 어머니는 어쩜 저렇게 얇은 전이 부쳐지나 싶게 얇디얇은 메밀전을 100장은 금세 부치셨고, 만두피도 손으로 직접 미셨다. 아들들이 설거지하는 것을 싫어하셔서, 저리 가라며 본인이 직접 하셨다. 어느 추석 날 가족 5인이 1인당 만두를 300개씩 빚었다고 하니, 친정어머니가 다음 추석 때는 만두피라도 사가라고 하셨다. 만두피만 안 밀어도 시간이 반은 줄 거라고, 아마 어머님이 만두피 파는 걸 모르시나 보다고. 다음 명절에 어머님께 이 말을 전하니, "그래? 만두피도 팔아? 이제 그런 것도 파는구나. 그래, 나 죽으면 사다 해."라고 하셨다.

그래서 만두피는 계속 직접 밀기로 했다.

그렇게 비슷한 날들이 반복되던 어느 날. 어머니의 허리뼈가 부러졌고, 그 후부터 우리는 첫해에는 만두를, 다음 해에는 송편을, 그 다음 해에는 전을 사다 먹었다. 그렇게 하나씩 없어지기 시작하더니 어느 날 제사를 한 번으로 줄이자 하셨고, 이제는 제사도 차례도 없는 집이 되었다. 이 모든 것이 자연스러웠던 데에는, 어머니가 한 해가 다르게 노쇠해지신 것과 코로나의 영향이 컸다.

아들에게 설거지를 못 하게 하셨던 분, 메밀전병은 꼭 집에서 부치셨던 분, 만두피는 꼭 집에서 미셨던 분, 그런 분이 모든 걸 없애 버렸다. 그리고 아무것도 아쉬워하지 않으신다. 명절 날 새벽이면 어두운 부엌에서 밤을 까고 마늘을 까시며 나에게 "더 자지 왜 일어났어?"라고 하시던 분이, 명절 음식에 한 톨의 미련도 보이지 않으신다. 어머니는 '내가 했으니 너도 해라'는 없으신 분이기에, 이제 아들들이 설거지를 해도 관심 두지 않으신다. 본인이 못 하는 거에 괘념치 않으시는 것 같다.

어머니가 본인의 철학을 내게 말로써 설명하신 적은 한 번도 없다. 이건 그냥 다 나의 해석이다. 16년 함께 한 어머니를 해석하는 것은 나의 몫인데, 16년쯤 지나 보니 이리저리 많은 것들이 맥락을 갖고 꿰어진다. 결혼 직후에, 아이를 낳았을 때, 아이가 학교에 들어갔을 때, 때마다 그때의 어머니가 계셨다. 그리고 10년이 지나니 때마다의 어머니가 한 사람이라는 것이 비로소 받아들여졌다. 한 사람을 이해하려면 이렇게나 긴 시간이 필요하다.

역시, 시간만 한 것이 없다.

내 엄마? 몰러. 엄마가 몇 살에 죽었는지

●

남편이 물었다.

"엄마, 외할머니는 언제 돌아가셨어?"

"뭐라고? 누구? 뭔 말이야."

아…… 이제 정말, 귀가 안 들리신다.

어머니가 알아들으시기 쉽게 남편이 다시 말했다.

"아니, 엄마, 엄마의 엄마는 언제 죽었냐고."

어머니는 잠시 망연한 얼굴이 되셨지만 이내 말하셨다.

"내 엄마? 몰러. 몇 살에 죽었는지. 옛날이라 잊어버렸어."

우리는 잠시, 진짜 말을 잃었다. 그 자리에는 아들 며느리가 네 명이나 있었고, 우리는 모두 적지 않은 나이들인데, 내 어머니가 언제 엄마를 잃었는지 전혀 모르고 살았다. 아니 우리 기억에 집안에서 '외할머니'라는 호칭을 입에 올린 적이 한 번도 없었다. 내가 결혼해서 15년이 넘은 지금까지.

잠깐의 침묵 후, 아주 어릴 때라 그랬는데 어머니 많이 힘드셨겠다, 그런 이야기를 다시 주고받으려고 하는데 어머니가 불쑥 이야기하신다.

"서른여덟인가, 아홉에 죽었어."

"아퍼서 죽었는데, 뭔 병인진 기억이 안 나. 아주 젊어 죽었어."

곰곰 생각해 보셨나 보다.

'내 엄마가 언제 죽었더라. 아무도 나에게 그런 질문을 한 기억이 없는데. 남편도 30년 전에 죽고, 오빠도 5년 전엔가 죽

고, 그래서 그런 이야기 나눌 형제들도 이제 없고.'

무엇보다 사는 게 바빠 아무도 본인의 엄마에 대해 궁금해한 적이 없으니까 답할 기회가 없으셨을 거다.

그러니 엄마란 단어가, 엄마가 언제 돌아가셨는지도, 생각이 안 나지.

고독한 인생이다. 외롭다는 말로는 설명되지 않는, 그런 인생이다. 이제는 아들, 며느리, 사위, 손주, 증손주까지 본인의 가족들이 정말 많은 수로 불어났는데. 이미 가 버린 사람들은 다시 오지 않는다. 어쩔 수가 없다. 이럴 때 보면 인간에게 망각이라는, 잊어버리는 능력이 있다는 것이 참말 다행이다. 잊혀지지 않는다면 기나긴 인생을 어찌 사셨을지, 도저히 가늠조차 할 수 없는 인생이다.

구십하나! 내가 올해 구십하나여

•

어머니와 대화가 하고 싶은데, 잘 안 된다.

식사하셨어요? 약 드셨어요? 집 따뜻해요? 이런 말 말고, 대화가 하고 싶다. 그런데 잘 안된다. 이제 존댓말도 잘 안 쓴다. 왜냐하면 발음이 복잡해지고 소리가 길어지면 어머니가 듣기 더 어렵기 때문이다. 어머니가 상대방의 입 모양과 손짓을 보고 대화한 지 꽤 됐다. 외국인에게 초급 한국어를 오래 가르친 내 경력이, 어머니와 대화할 때 큰 도움이 된다. 나는 아주 초급 수준의 학생과 이야기할 때처럼 모든 미사여구를 빼고, 적당히 손짓도 넣어 가면서 아주 단순한 언어로 대화를 이어 간다. 식사하셨는지 여쭐 때는 손으로 밥 먹는 시늉을 하고, 전화 왜 안 받냐고 물을 때는 휴대폰을 보여주며 손으로 '여보세요'를 만들고, 물 드셨냐 물을 때는 물잔을 가리킨다.

보청기를 끼시면 좀 낫다. 보청기를 끼셨을 때 잘 들리냐고 물으면, 아주 작게 들린다고 대답하신다. 아주 작게라도 들리니까 조금 긴 대화가 가능하다. 하지만 거의 끼지 않으신다. 귀찮아서도 아니고 충전을 잊으셔서도 아니다. 그냥 끼는 것 자체에 생각이 미치지 못해서다. 누군가 옆에서 아침마다 살뜰히 끼워 주면 좋겠지만, 혼자 사신다. 그리고 매일 만나는 사람은 요양 보호사 한 명뿐이다. 주변에서 여럿이 끼라고 성화를 해야 그나마 낄 텐데, 그럴 일이 없다. 아니, 보청기를 끼고 대화를 나눌 상대도 없다.

우리는 최근 몇 년간은 약속 없이 어머니께 자주 갔다. 전화로 약속 잡는 것이 매우 어렵기 때문이다. 특별한 날이 아닌데 연락도 없이 불시에 들이닥치면, 어버이날도 아니고 생신도 아니고 명절도 아닌데 왔다고 아주 반가워하신다. 근처에 경조사가 있었던 것도 아니고, 어디 가는 길도 아닌데 들렀냐며 아주 좋아하신다. 하지만 밥 먹었냐, 차 막혔냐, 오늘 일 안 하고 쉬었냐, 세 개의 질문을 주고받고 나면 아무것도 할 말이 없다. 긴 대화가 불가능하기 때문이다. 비단 청력의 문제만은 아닐 것이다. 아흔이 넘으시면서 어머니는, 여러모로 어머니는, 더욱 늙고 계신다. 그래서 우리는 숫자로 대답할 수 있는 질문을 생각해 냈다. "그래" 또는 "응", "아니" 말고 본인이 대답할 수 있는 질문, 뭔가 기억해 내서 대답하고 운이 좋으면 옛날 기억을 소환해서 한마디쯤 더 말을 하게 되는 그런 질문들을 생각해 냈다. 예를 들면 이런 질문들.

"엄마 올해 몇 살이야?"

"큰 누나를 몇 살에 낳았어?"

"둘째 누나는 지금 몇 살이지?"

남편은 아직도 어머니에게 반말을 한다. 반말을 하는 것은 아들딸들 모두의 습관인데, 아마 사투리의 영향인 것 같다. '엄마 밥 먹었어?' 또는 '엄마 밥 드셨어?' 시댁 식구들은 이렇게 반말 또는 반말도 존댓말도 아닌 중간쯤으로 대화를 한다. 엄마 올해 몇 살이냐 물으면, 어머니는 쩌렁쩌렁한 목소리로 말씀하신다.

"구십하나! 내가 올해 구십하나여!"

이렇게 대답을 들은 날은, 우리는 한 걸음 더 나아가 "큰누나를 몇 살에 낳았어?" 묻는다. 이런 질문은 좀 힘들다. 어머니가 짐작하지 못하는 질문은 순수하게 귀로 듣고 머리로 이해해야 하는데, 이런 질문은 평소에 듣지 않기 때문이다. 어머니가 짐작하는 질문들이란 보통 '어디가 아프냐, 아프지 않냐, 약을 드셨냐, 맛있냐' 그런 것들이기 때문이다. 네 번 다섯 번 질문을 반복한 후 비로소 이해하신 어머니는 본인이 큰딸을 몇 살에 낳았는지 말씀하시고, 더 나아가 큰딸이 올해 몇 살인지, 언제 환갑이 지났는지, 남편이랑 몇 살 차인지 등을 덧붙여 말씀하신다.

사실 내가 하고픈 이야기는 이런 게 아니다. 어머니가 제일 좋아하는 고기는 뭔지, 요즘은 무슨 드라마를 재미있게 보시는지, (나는 사진으로만 봄) 돌아가신 아버지는 어떤 분이었는지, 나는 그런 이야기들을 어머니와 나누고 싶다. 그럼 어머니에게서 어떤 말들이 줄줄이 딸려 나올지 궁금하고, 알고 싶다. 왜 더 빨리 그런 질문을 하고 살지 못했을까 후회도 되지만, 과거에는 그럴 우리가 아니었다. '지금에서야'가 아니라, '지금 이제는' 이런 우리가 된 것도 나는 좋다. 나와 어머니는 점점 더 이런 우리가 되고 있다.

그럼에도 좋은 건, 대화가 단순해져 오해가 없다. 언제부턴가 어머니에게 서운한 게 하나도 없다. 모든 게 애틋하다. 오해가 생길 만큼의 대화를 하지 못하니 당연한 일이다. 내가 가르치는 외국인 학생들도, 초급 학생들과의 오해가 중급 학생들과의 오해보다 훨씬 적다. 대화가 어렵다는 것을 아니까 무리해서 서로에게 자신을 이해시키려 하지 않고, 최소의 메시지만 담아 진심을 다해 소통한다.

그리고 또 많이 말하고 많이 전하고 싶은 마음이, 어머니에게는 무리가 될 수도 있겠다 싶다. 어머니는 점점 아이가 돼 가는데, 십 초마다 같은 질문을 열 번쯤 하시는데, 복잡하고 오래된 질문으로 어머니 머리를 혼란스럽게 하고 싶지 않다. 어머니와 더 많은 얘기를 나누고픈 마음은, 마음만 갖기로 하고 접어야 겠다. 자식들이 하는 말을 못 알아듣는 슬픔 혹은 스트레스를 드리고 싶지 않기 때문이다.

이제, 그만 살고 싶어

●

처음 어머니께서 그만 살고 싶다고 말했던 날을 잊을 수가 없다.

영화 속 한 장면처럼 그때가 문득문득 떠오르는데, 그때 어머니는 허리뼈가 부러져 오랫동안 치료를 받으셨다. 그리고 몸은 회복됐지만 다니던 일터에서 쫓겨나셨다. 어머니는 그때까지 묘목을 심으러 다니셨는데, 차가 태우러 오고 태워다 주고 점심도 주고 간식도 주고, 일주일에 6일 근무하면 일당이 얼마라며, 어머니가 매우 흡족해하시던 직장이다. 어머니는 80대 초반까지 그 일을 하셨는데, 허리뼈가 부러졌다는 소식을 들은 고용주가 할머니 이제 그만 나오시라고 했다. 어머니의 건강과 안전을 우려한 판단이란 걸 우리는 안다. 하지만 이제 일하러 갈 곳도 없고, 돈도 벌지 못하니 더 살 이유가 없다고 생각하신 어머니는 한동안 우울해하셨고, 그날 처음 그 이야기를 하셨다.

"이제 나 좀 데려가슈."

아버님 제사상 앞이었다. 이제 나 좀 그만 데려가슈. 몇 번을 말하던 어머니. 평소와 다르게 어머니도 술을 한 잔 올리고 싶으시다더니, 무릎 꿇고 앉아 술을 올리시고 그렇게 말씀하셨다. 우리는 모두 진심으로 당황했다. 어머니 왜 그러세요, 그런 말도 붙이지 못했다. 아주버님 혼자서 "우리 엄마 오늘 왜 이러실까" 웃어넘겨 보고자 이런저런 말을 하실 뿐.

그게 시작이었다. 그 이후 인생의 고비가 있을 때마다, 오랜만에 자식들을 만날 때마다, 항상 한 번씩 하시던 말.

"빨리 죽어야 하는데, 이렇게 오래 산다."

어느 날은 그런 말도 하셨다. 팔십 셋까지만 살았으면 좋겠다(팔십 셋이라는 나이가 어떤 의미인지는 모르겠다). 빨리 안 죽고 오래 살아 너희들 힘들게 한다. 귀찮아서 그만 살았으면 좋겠다. 반복되니까 노인들이 으레 하는 말이라 여겼고, 지나가는 말처럼 하시니까 다 흘려 넘길 수 있는 수준이었다. 그런데 최근 서너 달 동안의 어머니는, 이렇게 말씀하셨다.

"사는 게 니머(너무) 힘들어. 힘들어서 못 살겠어."

"너머(너무) 아퍼."

너무 아파서 그만 살고 싶으시다니, 나는 그저 어머니를 꼭 안아드렸다. 눈물이 났지만, 나는 어머니의 보호자이기 때문에 같이 울 수는 없었다. 왠지 나도 함께 울면, 어머니가 절망할 것 같았다. 그래서 그냥 웃었다. 그리고 안아드렸다.

어머니와 함께 보낸 16년을 돌아보면, 나는 손녀도 아닌 것이 며느리도 아닌 것이 어정쩡하게 10년을 보냈다. 30대의 나는 어머니와 나이 차이도 너무 많이 나고 나도 너무 어려서, 데면데면했던 것 같다. 어머니는 내가 어렵고 나는 어머니가 어렵고 그랬다. 어머니에게 나는 그저 손님 같은, 손녀 또래 나이의 며느리. 나에게는 그저 우리 할머니 친구 같은, 먼 친척 같은 시어머니. 가족들도 웬만큼 큰일이 아니고서야 우리에게까지 연락하지 않았다. 막냇동생 부부는 아직 아이가 어리고 맞벌이하느라 정신없을 거라 생각하셨고, 무엇보다 우리에게까지 뭔가 짐을 주고 싶어 하지 않으셨다.

40대가 되면서 비로소 어머니가 안쓰럽고 걱정되고 눈물겨워지기 시작했다. 그리고 나도 나이가 들었고, 나도 어른이라는 게 실감이 났다. 더 이상 미루거나 물러설 수 없는 일들이 점점 많아졌는데, 내겐 어머니를 마주하는 일들이 특히 그랬다.

글을 쓰며 생각해 보니 어머니는 내게 시어머니 이상의 어떤 존재인 것 같다. 생의 연장자에 대한 공경심과 측은지심. 나보다 먼저 태어나 살다가, 노인이 된 사람에 대한 애처로움. 그리고 나도 곧 그 노년을 맞이할 것이기에 느끼는 인간으로서의 유대감. 그런 것들의 합이 어머니에 대한 내 감정을 만들어 낸 것 같다. 그저 부모를 공경하는 마음, 내 남편을 낳은 분, 우리 모두 짐작할 수 있는, 다만 그런 감정은 아니다.

어쩌면 어머니 인생 자체에 대해 나보다 더 많이 생각한 사람은 없지 않을까. 실질적 도움이 되고 안 되고의 문제가 아니라 단지 생각에 관해서라면, 내가 최고일 것이다. 가끔은 나를 낳아 주신 부모 인생 보다도 시어머니의 인생에 고심하는 나이기에, 딸로서 많이 미안할 때도 있다. 헌데 그러면 뭘 하나, 내가 어떤 한 사람의 인생을 고심하고 생각한다고 해서, 뭔가 달라지는 게 있나. 달라지는 게 손톱만큼이라도 있다면 좋을 텐데. 아무리 생각해 봐도, 달라지는 게 없다. 그냥 그분에 대한, 그리움만 쌓일 뿐.

노년을 읽습니다

《가족각본》[13] _ K며느리의 노년

가족의 부동산 거래를 대행하게 되어, 작은 아파트 전세 계약을 하러 부동산에 다녀왔다.

세입자는 60대 초반의 남자였다. 집을 보러 올 때부터 형님과 형수 등 한동네 사는 가족들이 함께 다녔다더니, 계약서를 쓰는 당일에도 형님 내외분과 함께였다. 부부는 60대 후반에서 70대 초반쯤 돼 보였다. 아니, 더 많으시려나. 세입자는 사인을 하는 손이 살짝 떨렸고, 집주인의 권한을 위임받은 나와는 눈도 마주치지 못하고 말도 섞지 않았다. 모든 것이 약간 부자연스러웠다. 맞다. 인지가 조금 부족하신 것 같았다. 나는 부끄럽지만 뭔가, 불편한 마음이 들었다.

동석한 형수는 60대 중후반으로 보였는데, 능숙하고 재빠르고 교양이 있었다(사실 나이가 더 많으실지도 모른다는 생각도 든다). 그녀는 시동생의 휴대폰으로 모바일뱅킹을 순식간에 대신

---

13 김지혜, 창비, 2023

했고 각종 문서도 부동산 중개인의 리드에 맞춰 잘 따라왔다. 계약 당사자인 내게, 이런저런 설명과 인사말을 하는 것도 딱 적당했다. 혹시 뭔가 계약에 문제가 생기진 않을까, 집주인의 역할인 내가 불안해하지는 않을까, 그런 생각을 했는지 이런저런 부가 설명을 쉴 새 없이 했다. 모든 가족이 한동네 살고 있으며, 본인들은 이 근처 어느 아파트에 살고 있고, 시동생도 이 근처 어느 아파트 집주인인데 그건 월세를 놓았고, 혼자 사는 남자이니 집은 깔끔하게 쓸 것이고, 자기가 대신 살림 등 모든 것을 챙길 것이고 등등. 그리고 마지막에는 결국 계약서 한 귀퉁이에 자기 이름과 전화번호를 적어 주었다.

그녀는 K며느리였다.

어르신으로 불릴 나이시지만, 그녀는 여전히 K며느리였다. 아마도 그녀는 젊었을 적부터 시동생의 온갖 것들을 챙겨 왔을 것이다. 내 엄마가 그랬던 것처럼, 자기도 어리면서 더 어린 시누이와 시동생들을 건사해 공부시키고 독립시키고 결혼시키고 그렇게 사셨을 거다. 그리고 여건상 독립하지 못한 동생이 있다면 이렇게 노후까지 쭉 함께 가고 있을 거다. 평생 끝나지 않는 돌봄.

《가족각본》이라는 책을 읽었다. 다음은 책의 서문이다.

가족이 견고한 각본 같다는 생각을 한다.

그 각본에 따라 우리는 태어나면서부터 딸 또는 아들로서의 역할을 기대받고, 성인이 되면서 아내와 남편, 어머니와 아버지, 며느리와 사위 등의 역할을 맡는다.

하지만 가족각본은 평소에 잘 드러나지 않는다. 대개의 경우 우리는 정해진 각본대로 따르는 걸 평범한 삶이라고 여기고 질문조차 하지 않는다. 익숙하고 당연하게, 때때로 버겁게 정해진 역할을 수행하느라 가족각본이 어떻게 쓰여 있는지 살피지 못한다.

《가족각본》, 서문

서문부터, 밑줄이 그어졌다. 나는 각본 속에 있었구나. K며느리, K장녀, K장남 등등. 한국 문화 속 가족 안에서 일어나는 모든 역할들은, 잘 짜인 각본이었구나. 나는 각본의 순기능을 부정하고 싶지는 않다. 가족을 사랑하기 때문이다. 하지만 작용-반작용의 법칙 또한 인정한다. 한국학중앙연구원에서 발간하는 〈한국민족문화 대백과사전〉에서는 전통적인 의미의 며느리에 관해 이렇게 설명한다.

며느리의 도리 첫째는 시부모에게 효도해야 하고 집안을 화목하게 이끌어야 한다. 이를 위해서는 남편에 대한 질투를 버려야 하고, 멀고 가까운 친척들을 아끼고 섬겨야 한다. (중략)

며느리가 담당해야 하는 역할이, 마치 어느 회사의 업무분장표를 보는 듯하다. '며느리'라는 것이 단순히 아들의 아내라는 가족 내 관계를 지칭하는 게 아니라, 미리 부여된 업무를 담당하는 가족 내 '직위'임을 알 수 있게 한다. 그리고 그 역할은 간단치 않다.

시부모에게 효도하기, 집안을 화목하게 이끌기, 친척들을 아끼고 섬기기, 집안 제사 받들기, 정성을 다해 손님 대접하기, 가사노동에 힘쓰기, 살림살이에 근검절약하기 등, 집안팎의 사람을 만족스럽게 대접하고 갈등을 예방하고 해결하며 행사를 주관하면서도 비용을 절약해야 하는 고도의 능력이 필요한 역할이다.

<한국민족문화 대백과사전>, 1장. 왜 며느리가 남자면 안될까, 25쪽

책에서 다루는 범위는 사실 더 넓다. 한국 사회의 결혼과 출산의 공식, 그로 이한 차별, 그에 대한 왜곡된 시선, 성역할 등. 하지만 나는 서문에서 다룬, 1장에서 다룬 며느리에 대한 내용

이 가장 크게 와닿았다.

시댁이 생긴 지 16년 차. 내가 돌봐야 하는 가족이 생겨 이런 저런 대소사와 자잘한 일들이 점점 더 많아진다. 우리는 얽히고 설켜 산다. 긴 시간 내가 그들에게 마음을 쏟은 만큼 그들이 나를 돌본 것도 맞으니, 우리는 서로 K가족이다.

부동산에서 잠시 만났던 K며느리로 늙고 계신 어르신을 생각하며, 나는 상상하고 바랐다. 어르신의 기나긴 노동으로 인해, 어르신은 가족들에게 존경받고 있겠지. 집안 구성원 모두 가정의 평화에 어르신의 희생이 있었음을 십분 알고 있겠지. 그러니까 그렇게 가족 모두 편안해 보였겠지. 다소 인지가 부족해 보였던 시동생 분도, 형수 말이라면 덮어 놓고 믿고 따르는 그런 관계이겠지. 긴 세월 아껴주고 챙겨줬다고 해서 모두 그 감사를 알아채고 감사한 마음을 갚으며 살지는 않는데, 그 가족은 그런 갈등은 전혀 없겠지. 그리고 남편 분은, 자신의 동생과 자신의 가족에 없어서는 안 되는 그녀를, 귀하디 귀한 아내로 사랑해 주고 계시겠지.

그런 걸로 충분치 않지만, 이런 생각을 하는 것이 무척 외람되지만, 그거라도 바라본다.

노년을 읽습니다

《카페에서 공부하는 할머니》[14] _ 경쟁과 무관한 욕망이 괜찮은 나이

　평소에 책 쇼핑을 즐겨하는 편이다. 예기치 않은 여유 시간이 생겼을 때, 우울한 어느 날 분위기 전환이 필요할 때, 운전대를 잡았는데 갈 곳이 없을 때, 언제든지 서점을 찾는다. 요즘은 곳곳에 독립 서점과 동네 책방이 많이 생겨서, 여행지에서도 서점을 찾아가 보는 게 소소하고도 큰 기쁨이 되었다.

　책 쇼핑을 할 때 나는 일단 책 제목을 훑어본다. 주머니에 손을 넣고, 두근두근 기대하는 마음으로 언제든 내 손안에 들어올 수 있는 책들을 사랑스럽게 바라보며, 매대를 훑어본다.

　제목에 '할머니' 또는 '노인'이 들어있다면 2단계에 돌입, 손으로 들어서 펼쳐 보고 질감을 느껴 보고 목차를 읽어 본다. 어릴 때 부모님 대신 나를 키워주신 할머니가 계시다거나, 지금껏 애틋한 정을 나누고 있는 할머니가 계신 것도 아닌데, 나에게 '할머니'란 단어는 왠지 조금 그러하다. 애틋하고 아련하다. 아마

14　심혜경, 더퀘스트, 2022

내게 나이가 아주 많은, 할머니 연배의 시어머니가 생긴 후부터인 것 같다.

원주에 있는 작은 동네 책방 '시흥서가'를 방문했다가 이 책 《카페에서 공부하는 할머니》를 발견했다. SNS에서 종종 보던 책이기도 하고, 부제목이 매우 마음에 들어(인생이라는 장거리 레이스를 완주하기 위한 매일매일의 기록) 펼쳐 봤다. 그리고 5초 만에 이 책을 처음부터 끝까지 읽어 보고 싶어졌다.

이 책은 저자의 '끊임없는 공부'에 대한 이야기다. 4개의 언어를 8년 동안 공부했고, 공부의 결실로 번역가도 되었다. 공부를 좋아하는 것은 물론이고 여러 가지 배우는 것을 즐기기 때문에 악기나 손으로 하는 작업들도 배운다.

그런데 저자의 나이는 64세. 사실, '할머니'라고 부르기에는 젊은 나이라고 생각한다. 《카페에서 공부하는 할머니》라는 제목을 보고 나는, 정말 호호 할머니가 지팡이를 짚고 또는 허리를 구부정하게 숙이고 돋보기를 끼고 두꺼운 숄을 두르고 우아하게 카페에서 책 읽는 그런 모습을 상상했었나 보다.

'할머니'라는 단어의 1번 뜻은 조모(祖母), grandmother이다. 즉, 부모의 엄마다. 2번 뜻은 '부모의 어머니와 한 항렬에 있는 여자를 통틀어 이르는 말'이다. 항상 관계 속의 삶이 먼저인 나는 자연스럽게 1번을 생각했는데, 1번보다는 2번의 내용인 책을 읽으며 책 내용이 더 마음에 들게 되었다.

> 책을 향한 나의 터무니없고도 열광적인 사랑이 언제 어디에서 비롯되었는지 가끔 궁금해지는 때가 있다.
> 하지만 많은 독서가가 그러하듯, 책을 의식하기 시작한 이후로는 언제나 책이 옆에 있었기 때문에 어떤 책을 읽고 사랑에 빠지게 되었는지는 기억할 수 없다. 문자로 된 온갖 것들을 산만하게 읽어대다 보니 초등학교 국어 교과서 외에 처음으로 읽은 책의 제목도 생각나지 않는 상황이다.
> 누군가 나에게 "넌 국어 교과서를 읽고 스탕달 신드롬(Stendhal syndrome, 뛰어난 미술품이나 예술 작품을 봤을 때 순간적으로 느끼는 각종 정신적 충동이나 분열 증상)을 겪었어"라고 해도 반박하지 못할 것이다.
>
> 《카페에서 공부하는 할머니》, 166쪽

내 인생을 스쳐 간 여러 명의 상사 중 한 명이 어느 날 갑자기 내게 이런 질문을 했다.

"민선아, 너는 지금 당장 인생이 끝난다면, 네 인생에서 가장 아쉬운 게 뭐니?"

나는 바로 대답했다.

"독서요."

그 당시 나는 하루에 한 페이지도 읽지 못하고 사는 삶에 대해 심각한 고민을 하고 있었다. 퇴근 후 책 한 쪽 읽지 못하는 삶이라니, 나의 남은 직장 생활 또한 이러할 건가. 삶의 의미란 무엇인가. 아마 그때 나는 직장인의 삶뿐 아니라 육아에 지쳐있었고 그래서 더 옴짝달싹할 수 없이 인생이란 설계할 수 있는 그 무언가가 아니라고 생각했던 것 같다.

하지만 나는 욕심이 많은 게 아니라 하고 싶은 일이 많아서 이러고 산다. 어떤 직업을 가질 것인지를 더는 고민하지 않아도 되는 나이에 도달한 지금은 내 앞에 굴러오는 모든 것들을 아무런 제약 없이 골라잡을 수 있어 행복하다. 경쟁과 무관한 욕망을 가져도 괜찮으니까. 물론 나 역시 돈 들여 배우는 공부보다는 배워서 돈이 되는 공부가 좋다. 설마 돈을 벌고 싶지 않다고 말하는 사람이 있을까? 그럴 리가!

같은 책, 190쪽

경쟁과 무관한 욕망을 가져도 괜찮다니, 생각만 해도 너무 편안하고 즐겁다. 나는 여태껏 무언가를 배우고 싶다는 마음이 들때, '이제 배워서 뭐할까, 뭐 하는데 쓸까?' 이런 의문을 가지고 있었는데, 사실 어디에도 쓰지 않을 걸 배운다는 건 정말 자발적이고 주체적이라는 느낌이 드니 이렇게 자유로울 수가 없다.

아주 예전에 함께 일했던 직장 동료가 퇴사하며 이런 말을 했었다.

"나는 이제, 더 이상 프로의 삶을 살고 싶지가 않아요. 남은 인생은 아마추어만 할 거예요."

아직 젊었던 나는, 정말 멋진 말이라는 생각이 들면서도, '이 친구는 이제 경쟁하는 삶이 지겨워졌구나. 나는 아직 도전하고 경쟁하는 삶이 짜릿할 때도 있는데. 경쟁이 얼마나 스릴 있는데.' 그런 생각도 했던 것 같다.

192쪽의 얇고 작은 책이기 때문에 금방 읽을 수 있을 거라 생각했다. 하지만 책에는 군데군데 인덱스가 붙었고, 나는 이 책을 다시 읽고 다시 읽게 되었다. 저자가 추천해 준 여러 가지 외국어 공부법도 시도해 봐야 하고, 저자가 추천해 준 외국어 배우기 좋은 드라마들도 찾아봐야겠고, 저자가 추천해 준 여러 번역서도 찾아 읽어 봐야겠다.

저자의 찬란한 할머니의 삶을 한 번씩만 쫓아서 해 보려고 해도, 시간이 꽤나 많이 필요할 것 같다. 저자는 정말 부지런한 할머니니까. 하지만 저자의 나이 64세, 우리 어머니의 나이 90세. 저자도 할머니고 우리 어머니도 할머니다. 근 30년이다. 할머니로 사는 삶이 30년이라면, 이건 내가 젊은이로 살았던 시간, 찬란했던 내 청춘보다도 긴 시간이다.

왠지 시간이 많아진 기분이다. 경쟁하지 않고 살아도 되는 시간이 30년이라니. 이 땅에서 승자 독식주의의 삶을 40년 즈음 살며 퍽 지쳤는데. 노년에는 그렇게 살고 싶어도 그럴 기회와 능력이 없겠지만 '내가 버려진 게 아니라 내가 버렸다' 생각하면 얼마나 홀가분한가.

나는 나중에 유유자적 여유롭게 독서하는 할머니가 되어야겠다. 신난다.

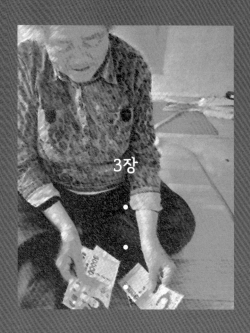

3장

어머니에게서
시대가 보인다

글자를 읽지 못하더라도

　•

　내 시어머니는 문맹(文盲), 무학(無學)이다.

　16년 전 내가 현금 예단으로 5백만 원짜리 수표를 들고 갔을 때 어머니의 첫 말은 "애기야, 이게 얼마냐?"였다. 글을 모르신다는 것은 알고 있었다. 하지만 글 안에 숫자도 포함되는 것은 몰랐다. 어머니는 숫자와 글자를 이미지로 기억하신다. 한글도 숫자도 모르지만, 만 원, 오천 원, 천 원 돈은 아신다. 고속버스터미널에서 버스도 타신다. 마을버스도 타시고 시내버스도 타신다. 물론 휴대폰 단축키도 누를 줄 아신다.

　이 모든 게 가능하다. 복잡한 숫자는 순전히 이미지로 기억하신다. 매월 통장 정리를 하시고 얼마쯤 남아 있는지 머리로 외신다. 그리고 나에게는 "지금 얼마가 남아있지?"라고 꼭 확인을 하신다. 더블 체크.

언젠가 아시아에 있는 휴양지에 놀러 갔을 때, 생소한 언어로 뒤덮인 시내 중심가에서 공황에 빠진 적이 있다. 그런데 그 마을 모든 간판에는 내가 아는 언어가 하나도 없었다. 그냥 모두가 그림처럼 보였다. 그때 처음, '문맹인 사람들은 이런 심정이겠구나' 생각했다.

그리고 나서 어머니와 통장에 대한 이야기를 하던 어느 날 문득 그런 생각이 들었다. 어머니의 눈에 세상이란, 이런 것이겠구나. 도대체 어머니께서는 어떻게 슈퍼도 가고 버스도 타고 택시도 잡아 타시는 걸까. 하다못해 텔레비전을 볼 때도 글자는 필요한데, 우리는 심지어 우리나라 말로 된 프로그램을 볼 때도 자막을 함께 보는데. 생각이 여기까지 미치고서야 깨달았다. 내 시어머니는 참 용감하게 인생을 사셨구나. 더구나 급변하는 21세기 세상을 살면서 어머니께는 매일의 삶이 도전과 두려움의 연속이었겠구나.

내 언니는 문해교육 종사자다. 언니가 처음 문해교육에 발을 들인 것이 10년 전이다. 그때 나는 그런 생각을 했다. 한국처럼 문맹률이 낮은 나라가 없고, 문맹은 그 옛날 여성의 교육이 제한됐을 때의 이야기이니, 곧 문해교육 대상자는 급감할 거라고. 그러니 언니는 머지 않아 다른 직업을 찾아야 할 거라고. 그런데 내가 틀렸다. 언니는 10년이 지난 지금도 여전히, 같은 곳에서 평균 나이 70세의 학생들을 신나게 가르치며 산다. 문해교육 대상자는 급감하지 않았다. 그리고 이렇게 가까운 곳에 글을 모르는 사람이 있었다.

우리 어머니가 10년만 젊었더라면, 나는 어머니가 글을 배우시게 시도했을 것이다. 아니다. 그건 거짓말이다. 나는 나 사는 것에 바빠 어머니가 글을 모르시는 걸 언제나처럼 괘념치 않고 살았을 거다. 슬프지만 그게 맞다.

그런데 나는 가끔 상상한다. 지금도 이렇게 가족들이 무릎을 '탁' 칠 정도로 똑똑하신 어머니가 만약, 글을 배우셨다면 어땠을까. 동네 부녀회장쯤은 너끈히 하시지 않았을까. 스마트폰도 배우고 은행 일도 본인이 직접 하시고 조금 더 신명 나게 고집을 부리면서 살지 않으셨을까. 우리 어머니가 또 한 고집 하시는데, 그걸 맘껏 하지 못하게 하는 데에 문맹이라는 사실이 한몫을 톡톡히 했을 거다. 그건 정말이다. 근데 또 아니다. 어머니가 글까지 아셨다면, 그랬다면, 메밀전 따위는 부치지 않고 더 큰 일을 하러 다니시느라 막내며느리

랑은 놀아 주지 않으셨으려나, 잘 모르겠지만. 분명, 어머니
가 글을 배우셨다면 더 재미나게 사셨을 거다. 그리고 며느
리인 내 인생도 더 재미나졌을 거다. 그건 확실하다.

어머니의 노트 [15]

●

내 시어머니는 올해로 여든 둘이시다.

30대 중반인 내가 어머니와 나란히 길을 걸으면, 누구나 우
리를 할머니와 손녀 사이로 본다. 할머니뻘인 어머니가 어렵
기도 하지만, 어머니는 나를 손녀딸처럼 귀여워만 해 주신다.

우리의 대화는 항상 짧다.

"밥 먹었냐?"

"네, 방금 먹었어요."

"애비 들어왔냐?"

"예, 들어왔어요."

"끊는다. 에미야 사랑한다."

"저두요, 어머니."

---

15 이 글은, 2014년 6월호 월간 《샘터》에 실린 적이 있다. 당시의 글을 수정하고 보완했다.

대화가 짧을 수밖에 없는 여러 이유와 핑계가 있지만, 결정적으로 우리는 서로의 말을 잘 듣지 못한다. 어머니께서는 귀가 어두워지셔서, 30대 서울 며느리는 어머니의 사투리를 알아듣지 못해서. 그래도 우리는 그저 말하고 대꾸했다는 것에 의의를 둔다.

어머니는 글을 모르신다.

본인 이름도, 숫자 '하나', '둘', '셋'도 읽지 못하고 쓰지 못하신다. 당연히 어머니 집에는 펜이 없고, 어머니가 연필을 잡고 무언갈 메모하는 것도 본 적이 없다. 그런데 재작년 여름엔가 어머니 댁에 갔다가 공책을 하나 발견했다. 선풍기 옆에 가지런히 놓여 있던 낡은 공책. 초등학생 아이가 글씨 연습할 때처럼 간격이 넓은 줄이 쳐져 있는 얇은 공책이었는데, 열어 보니 조그만 동그라미가 줄마다 빼곡히 끝없이 이어져 있었다. 몇십 장째, 같은 크기로. 이건 글은 아닌데 무슨 뜻일까.

"엄마, 이게 뭐야?"

남편이 궁금해 죽겠는 표정으로 어머니에게 묻자, 어머니는 수줍게 웃으며 말씀하셨다.

"나 일한 날 수다."

어머니는 정말 수줍게 웃으셨다. 어머니의 답을 듣고도, 그 말을 이해하는 데 우리는 3초 아니면 4초 정도의 시간이 걸렸던 것 같다. 어머니는 아직도 감자를 캐고 묘목을 심는 소일을 하러 다니신다. 일당은 한 달에 한 번 모아 받는다. 그런데 일당이 잘 계산되는지 걱정스러운 어머니께서 궁리 끝에 일자를 기록할 방법을 찾으신 거다. 무인도에 떨어진 로빈슨 크루소가 하루하루 날이 가는 걸 표시하기 위해 동굴 벽에 나뭇가지로 빗금을 끝도 없이 그었던 것과 똑같이. 어머니는 하루 일하고 돌아와 동그라미 하나, 또 하루 일하고 집에 돌아오면 동그라미 하나. 그렇게 한 달이 가면 동그라미 개수를 세고, 본인이 받은 월급의 금액이 맞아 떨어지는지를 확인하고, 그렇게 사신 것이다.

이렇게나 현명한 어머니. 나와 남편은 빼곡한 어머니의 흔적이 귀엽고 사랑스럽고 기특해 어쩔 줄을 몰랐다. 집에 돌아와서 친정 부모님께 자랑하고, 시댁 식구들을 만나면 그런 일이 있었다며 하하호호 이야기를 나누고, 이거 어딘가에 좀 써 놔야지 도저히 안 되겠다며 그런 이야기를 하고.

그래서 당시에 내가 즐겨 보던 잡지인 월간 〈샘터〉에 글을 써서 보냈는데, 운 좋게 그게 2014년 6월호에 실렸다. 그래서 그 글을 가족들이 함께 보고 우리의 사랑스러운 어머니에 대해 한번 더 이야기 하고, 우리 어머니가 머리가 보통이 아니라며 다 같이 웃고 그랬다.

그때 생각했다. 자신의 위치에서 최선을 다하는 사람만이 얻을 수 있는 지혜가 있다. 학교에서 얻은 배움과 또 다른 지혜를 따르다 보면, 인생의 질은 얼마든지 달라질 수 있다. 80이 넘은 어머니께서는 그걸 몸소 가르쳐 주신다. 그때부터 나는, 내 어머니를 좋아하게 됐다.

어머니 나이, 82세 때의 이야기다.

5분 57초
─ 89세 어머니의 한 달 통화 시간

●

어머니는 올해 89세다.[16]

결혼 직후 휴대폰을 바꿔드리면서, 이용 요금도 내드리기 위해 명의를 남편 명의로 했다. 그래서 월에 한 번, 우리집으로 고지서가 날아온다. 딱 기본 요금만 쓰시기 때문에 고지

---

16 여기서 말하는 '올해'란 2021년이다.

서를 받아도 확인할 건 없다. 다만 혹시 휴대폰이 고장 나도 모르실까, 데이터 접속 등의 실수로 인해 요금이 내가 모르는 사이 많이 부과된 달이 있을까 봐, 고지서를 받으면 전체 금액만을 확인했다.

그런데 어느 날, 어머니의 한 달 통화 시간과 문자 발송 건수에 눈이 갔다.

시어머니의 월평균 발신 통화 시간은 5분. 때로는 6분이다. 수신 통화 시간까지는 확인이 되지 않아 잘 모르겠다. 지난달 통화 시간도 5분 57초. 평소와 다르지 않았다. 시어머니는 딸이 다섯, 아들이 둘이다. 자식들의 배우자까지 하면 모두 14명이다. 5분의 시간을 어머님은 어떻게 분배하여 전화하실까. 귀가 잘 들리지 않으시고, 딱히 할 말도 없기 때문에 어머님께서는 자식 중 한 명의 목소리 톤만 확인하시고 끊기 일쑤다. 통화의 시작은 '밥 먹었어?'이고 통화의 끝은 '엄마가 사랑한다'이다. 전화 요금 아까워 빨리 끊으시려는 건지, 목소리를 들었으니(잘 있는지 확인하는 소기의 목적을 달성했으니) 빨리 끊으시려는 건지, 그건 아직도 잘 모르겠다.

전화를 걸고, 누군지 확인하고, 밥 먹었는지 묻고, 사랑한다고 말하고. 이런 루틴을 진행하는 데 한 번에 30초가 걸린다고 치면, 5분이라면 열 번, 6분이라면 열두 번이다. 일곱 명의 자식에게 한 달에 최소 두 번씩 전화를 하시는 거다. 한 달에 5분이라는 발신 통화 시간이 믿기지가 않아, '집 전화가 있으니까 집 전화로 서시나?' 생각한 적도 있는데, 그건 더 어렵다. 어머니의 속도로 열한 자릿수의 번호를 한 번에 누르기란 여간 어렵지 않기 때문이다. 게다가 어머니는 글자를 모르시니(숫자를 읽어서 누르는 게 아니라 자리로 기억해서 누르시니), 누르다가 길을 잃기 십상일 거다. 그래서 어머니의 휴대폰에는 1번부터 나이 순으로 자식들의 번호가 단축키로 저장돼 있다. 1번을 꾸욱 누르면 큰딸, 2번을 꾸욱 누르면 둘째 딸, 이런 식이다. 저장할 수 있는 숫자는 딱 9번까지다. 일곱 명의 자식이 1부터 7까지 차지하고 나면, 8번은 큰며느리, 9번은 막내며느리다. 그러면 끝이다. 왜냐하면 10번부터는 저장해 봤자 어머니가 누르지 못하시기 때문이다. 10번을 누르는 걸 언젠가 한번 휴대폰을 바꿀 때 시누이와 여러 번 연습한 적이 있는데, 1번을 누른 다음 0번을 누르는 사이 시간이 많이 지나버려서인지 당최 성공하질 못했다고 한다. 참 여러모로, 전화 한번 걸기가 서울 가는 것만큼이나 멀고 험하다.

얼마 전 알았는데, 청력도 관절염처럼 그날의 컨디션에

따라 달라진다고 한다. 어느 날은 조곤조곤 작게 말해도 다 알아들으시고 대꾸하며 이것저것 묻기도 하시는데, 어느 날은 또 전혀 듣지 못하신다. 한번은 전화 건 손주 목소리를 절대 못 알아들으시고 "목사님이시유?"만 열 번쯤 반복하신 날도 있었다.

아마도 그때가, 어머님을 찾아뵈었어야 하는 시기였던 것 같다.

돈의 선(線) - 어머니만의 마지노선

●

중학생이 된 아들이 요즘 즐겨 사용하는 말이 있다.

"어, 선 넘네~ 선."

어디선가 들은 말인데, 그 말이 그렇게 재미있고 멋있어 보인다면서 맥락 없이 아무 때나 불쑥 사용한다. 드라마에서 들은 멋진 말, 책에서 읽은 서정적인 대사. 그런 것들을 내 입으로 소리 내어 보고 싶은 마음을 이해하기에, 본연의 뜻을 한 번 설명해 준 후 마음껏 사용토록 둔다.

내 시어머니에게는 어머니만의 '돈의 선(線)'이 있다. 본인이 세워 둔 기준에서 '싸다', '비싸다'를 결정하고 돈의 가치를 매기며, 과소비를 가늠한다.

언젠가 더운 추석날(대부분의 추석은 덥다.). 켜켜이 전을 부치고 난 후, 남편을 시켜 스타벅스 아이스아메리카노를 집으로 사 오게 했다(물론 팬데믹이 오기 전, 그 옛날 일이다). 목마르고 갈증이 났던 게 이유 1번, 일회용 컵에 얼음과 함께 담긴 아이스커피를 (당시 여든다섯의) 노모와 함께 먹어 보고픈 마음이 이유 2번이었다. 어머니께서는 시럽을 넣은 커피를 맛있게 드시고는(뭐 커피를 바깥에서 돈 주고 사 왔냐는 타박은 당연히 들었고), 이거 하나에 얼마냐고 물으셨다.

남편이 웃으며 "엄마 이거 한 개에 5백 원."이라고 말하니

"그래, 한 5백 원쯤 하지 싶더라. 네 잔이니까 2천 원 줬겠구나? 달구 맛있다. 좋다."라고 받으셨다. 그리고는 더는 타박하지 않고 아주 맛있게 남은 커피를 드셨다. 어머니께 허용되는 커피값은 아마 잔 당 5백 원이었나 보다. 그때 혹시 어머니가 아시면서 속아 주시는 것인가 잠깐 생각하기도 했는데, 그럴 리가 없다. 어머니는 커피 한 잔이 4천 원 가까이 한다고 절대 상상하지 못 했을 거다. 그런 생각에 이르니, 어머니를 제대로 속여 먹은 것 같아 죄송한 마음이 들었다.

팬데믹이 시작되던 해 여름, 잠깐 감염자 증가율이 줄어

소강상태였던 그때, 어머니를 모시고 가족 다 같이 펜션으로 1박 2일 여행을 다녀왔다. 우리 가족은 모이면 가뿐히 20명을 넘는 대가족이기에, 대규모 인원 수용이 가능한 큰 펜션을 얻었다. 화장실만 세 개에 주방과 식탁이 넓고 큰 게 아주 마음에 들었다.

"아주 넓고 좋다"며 연신 흡족해하시던 어머니께서 조용히 나를 불러 물으셨다.

"에미야, 이거 얼마냐? 한 십만 원 줬냐?"

"네, 맞아요, 어머니."

나는 어머니가 생각하시는 금액의 4~5배라고 진실을 말할 생각이 전혀 없었다.

"그래, 아주 좋다. 넓고 좋구나."

"애비는 어디서 어떻게 알고 이렇게 넓고 좋은 걸 구했어, 그래? 지나가다가 봤어?"

그러고 나서도, 고맙다는 말을 열 번쯤 하셨고 어떻게 구했는지를 재차 물으셨다. 숙소 예약 애플리케이션으로 펜션 하나 구한 게 뭐 그리 기특한 일이라고. 어머니는 그 밤에 칭찬을 참 많이도 하셨다.

작지만 이러한 일들이 매번 반복되고, 그 갭(어머니가 생각하는 금액과 실제 소비된 금액의 차이)은 점점 커져만 간다. 이쯤 되면 이게 사기가 아닐까 싶게 나날이 금액 차이가 커져만 간다. 어머니의 마음을 편하게 해 주려는 자식들의 마음이 거짓말을 만들어 냈으니 이건 하얀 거짓말일까. 선한 의도라면, 그건 괜찮은 걸까. 정작 어머니가 원하던 것은 이게 아닐 텐데. 이건 일종의 기만이 아닌가.

일종의 돈에 대한 지조. 그거 하나 남았고 그것만은 지키고 싶으신 분인데. 그것을 너무나 우리가 가볍게 여기는 건 아닐까. 아닌가, 내가 너무, 복잡하게 생각하고 있는 걸까.

오늘도 어머니를 속여 먹은 며느리가, 미안한 마음에 이런저런 생각만 잘도 한다.

돈심으로 사는 어머니

●

사람은 밥심으로 산다.

사전에 찾아보니, 밥심이란 '밥을 먹고 난 후 생긴 힘'이라 되어 있다. 밥을 먹고 난 후 생긴 힘. 한국인은 밥심이기 때문에 밥을 잘 챙겨 먹어야 한다는, 그래서 아침밥을 잘 먹어야 하고, 집밥을 잘 먹어야 하고, 혼밥은 어떻고, 엄마 밥이 그립고, '안녕하세요?'라는 인사 대신 밥 먹었냐, 언제 밥 한번 먹자 등의 이야기를 나눈다.

어머니는 돈심으로 사신다.

모든 노인들이 그렇다. 할머니 할아버지가, 누구누구의 시어머니 또는 친정엄마가, 수중에 돈 있는 걸 최고로 든든해 한다는 걸, 아주 많이 나이 드신 노인이 어딘가 깊숙이 넣어둔 돈을 정신이 또렷하지 않은 순간까지도 기억하고 찾아냈다는 걸, 아이도 어른도 돈으로 보여주는 사랑이 최고라 믿는다는 걸 얼마나 많이 보고 듣고 읽었는지.

팬데믹 동안, 집합 금지가 가장 최고조에 달했을 때, 가까운 지인의 부모님께서 돌아가셨다. 나는 그때 빈소에 갈 엄두도 내지 못했다. 내가 감염될까 두려워서이기도 했고 슬픈 그들을 내가 감염시킬까 두려워서이기도 했다. 그런데 상주는 조의금을 일절 받지 않겠다고 공지를 했다. 그 문자를 보니 망연했다. 그때 알았다. 돈을 보낼 수 없으니, 위로를 전달할 방법이 전혀 없구나. 경사건 조사건 다 돈으로 선물하는 문화가 꽤 이상하고 답답하다고 생각한 적도 많았는데, 막상 돈으로 할 수 없으니 그럼 무엇으로 할 수 있나 막막함을 느꼈다.

어머니께서 어느 날 용돈이 떨어졌으니 보내 달라고 연락을 하셨다. 내가 찾아서 들고 갈 수 있는 이번 주 주말까지 기다릴 수 없다고 하셨다. 돈이 없으니 불안하다고도 하셨다. 돈이 없는 지갑을 하루도 건디기 어려운 마음, 나는 잘 안다. 돈이 든 지갑이 세상에서 제일 든든하고, 돈으로 받는 선물이 제일 흡족하다는 걸 이제 나는 살 안다.

그걸 아는 데 16년이 걸렸다.

어머니의 쌈짓돈을 장롱 어디쯤엔가 깊숙이 넣어 두셨다가, 가족들이 오면 손주 생일 선물로, 사돈댁 과일값으로, 아들 기름값으로, 줄 수 있는 돈이 있다는 것이 얼마나 든든할까. 이제 고추도 따지 못하고 메밀전도 부치지 못하는 나이, 이제 90세가 넘은 본인에게서, 본인의 효능감을 느낄 수 있는 가장 마지막 단계. 막내며느리가 그 마음 잘 안다고 말해 드리고자, 통장의 잔액을 말씀드렸다.

어머니, 용돈 넉넉하니 걱정하지 마시라고.

88세 어머니의 첫 수술

•

어머니의 어깨가 탈구됐다.

밤에 화장실 다녀오시는 길에 철퍼덕, 가볍게, 엉덩방아를 찧으면서, 오른쪽 팔로 바닥을 짚었을 뿐인데 어깨가 빠져 버렸다. 응급실에서 의사 선생님이 어깨를 끼워 보려고 수차례, 수십 분 동안 시도해 보았지만 실패했다. 응급실 커튼 너머로 어머니의 처량한 울음소리를 들으면서, 마른 피부와 눈에 고인 눈물을 보면서, 정말 오만 가지 생각이 들었다.

1시간 가까이 어머니의 어깨를 붙잡고 실랑이를 하던 의사는 말했다. 관절이 다 닳아버렸기 때문에 끼워지지 않는다고. 어렵게 살짝 끼워 뒀으니 일단 경과를 지켜보자고. 그런데 살짝 끼워 둔 어깨는 계속 빠져 버렸고, 결국 서울 큰 병원으로 옮겨 일주일 후 인공 관절을 넣는 큰 수술을 하게 됐다. 오른쪽 어깨를 쓸 수 없어 왼손으로 숟가락질만 가능했다. 처음에는 반찬만 올려 드렸지만, 곧 어머니는 아기가 되어, 기운이 없으니 떠먹여 달라셨다. 그래도 우리 어머니는 밥도 잘 잡숫고 간식도 잘 잡수니까 곧 털고 일어나리라 생각했다. 그때 어머니 나이가 88세, 가을이었다.

인공 관절을 넣고 어깨를 끼우는 수술을 한 어머니는 일주일 후 퇴원하셨다. 주치의 선생님께서 하시는 말씀이 고령이라 걱정이 많이 되었지만 근력도 좋으시고 그래서 경과도 좋기 때문에 이제부터는 통원 치료를 하라고 했다. 혈당이 종종 떨어져서 때때로 포도당을 맞아야 하고 산소포화도가 종종 떨어져서 산소 흡입을 해야 하지만, 사실 병원 입장에서는 중병이 아니니까 퇴원하라 하는 것도 무리가 아니지 싶었다. 실제로 어머니가 머물렀던 5인실에서 부축을 받고라도 걸어서 화장실을 가는 환자는 우리 어머니뿐이었다.

퇴원 후 방문한 어머니 집 거실 찻상 위에는 진통제가 사탕처럼 놓여 있었는데, 거기에는 '마약성'이라고 쓰여 있었다. 그렇게 독한 약을 먹는 사람을 곁에서 처음 본 나는, 그날 마음이 참 많이 아팠다. 그리고 그 장면이 아직도 기억이 난다. 어머니의 찻상과, 그 약 봉투와, 어두운 거실에 우두커니 앉아 텔레비전을 보시던 어머니의 옆모습.

통원 치료를 하러 외래 진료를 받으러 간 날, 어머니께서는 의사에게 이런 말을 하셨다고 한다.

"독약 좀 줘요."

"구찮고 힘들어서, 살기 싫어."

"나만 말 안 하면 비밀 되잖어유."

의사는 시누이를 불러 신경정신과 협진을 제안했고, 시누이는 어머니와 단둘이 되자마자 의사와 딸을 범죄자 만들고 싶으면 다시 그런 소리를 해라, 오늘부터 밥을 먹지 않으면 금방 죽을 수 있으니 독약 달라 말고 밥을 먹지 말아라, 그런 말을 하며 어머니를 어르고 달래고 위로하고 설득하고 그랬 다고 한다. 당시의 어머니를 감당하던 시누이도 참, 서글프 고 힘들었을 것이다.

시누이는 직업이 요양 보호사이기 때문에 환자를 돌볼 줄 아는 분이시다. 신파에 빠지지 않고, 시간이 답인 것에는 연 연하지 않고, 고민하지 않는다. 어머니께서 이번 상실을 받 아들이시는 데 3개월쯤 소요될 거라고 처음부터 생각하셨 다. 그러면서 누군들 매일 살고 싶기만 한 사람이 있겠느냐 며, 몸이 저 지경이 되었는데 하루는 살고프고 하루는 그냥 저냥 그렇고 하루는 살기 싫지 않겠느냐고, 오히려 막냇동생 부부를 위로해 주셨다.

퇴근길에 운전대를 잡을 때 어머님에게 가 볼까, 점심에 일이 끝나고 점심을 먹을 때 어머님께 전화를 드려 볼까, 당 분간 자주 가서 뵐까 싶다가도, 이 모든 나의 염려와 마음들 이 과연 어머니에게 위로가 되기는 할까, 그런 생각을 수없 이 반복했다.

그러는 사이 내 어머니는 89세가 되셨고, 계절이 세 번 바뀌었다. 그때쯤 나는 생각했다. 연세 많으신 분들은 내일 일을 모른다더니, 연세 많으신 분들이 뼈가 부러지거나 다치면 속병이 나는 것보다 더 고생하신다더니, 정말 그런가 보다고. 그러다 어머니와 언젠간 헤어질 수도 있겠다는 생각을 처음으로 했다. 헤어짐이 현실로 다가오는 기분이었다.

89세 노모의 인터넷 뱅킹 신청기

●

남편이 89세 어머니를 모시고 은행에 다녀왔다.

88세의 금융 소비자인 어머니는 글을 읽고 쓰실 줄 모를 뿐더러 귀가 어두우시고 더욱이 은행 시스템에 대해서도 문맹, 이른바 금융 문맹이시다. 아직까지 모든 돈은 어머니의 바지 주머니로 들어가고 나오고 통장에 찍히는 숫자를 읽지는 못 하시지만 한 달에 한 번 꼬박꼬박 통장 정리는 잊지 않으신다. 우리는 어느 순간 어머니의 금융 소비 생활을 대행하게 되어 인터넷 뱅킹을 신청하게 되었는데, 이게 신청부터가 막막했다.

첫째, 어머니를 대동해 은행에 가야 한다. 다리가 불편하고 천식이 있는 어머니께서는, 쌕쌕 숨을 몰아쉬시며 간신히 은행까지 갔다. 사실, 이게 제일 쉬운 일이었다.

둘째, 본인이 서명을 해야 한다. 우리 어머니는 글을 모르시기에 본인 이름을 못 쓰신다. 설령 쓰신다고 한들, 작은 칸에 맞춰 여러 번 쓰기란 불가하다. 결국, 남편이 어머니 손을 쥐어 잡고 아이 글 가르치듯 그렇게 썼다 한다.

셋째, 여러 가지 동의 절차를 거쳐야 한다. 그리고 은행은 육성으로 동의 내용을 녹음한다. 전화를 바꿔 받은 어머니는 상대방의 말이 당최 들리지 않을 뿐더러 들려도 이해하지 못할 말만 반복되니까 "난 몰라유~"를 수십 번 반복하고, 은행 상담원은 어쩔 수 없이 같은 말을 계속 반복한다.

어디서부터 어떻게 설명해야 할지. 어머니가 왜 은행에 가서야 하는 건지는 결국 설명 못 했고 그냥 통장이 다 끝나서 더 이상 종이가 없어서 재발급받으러 가야 한다고 하니까 쉽게 수긍하셨다. 겨우겨우 많은 과정을 거친 후에 집에 와서, 비로소 인터넷 뱅킹 접속을 시도했다. 이후 우리는 혹여 비밀번호를 잘못 눌러 은행에 다시 가야 하는 일이 발생하지는 않을지, 장기간 사용 안 해 거래가 일시적으로 중단되지는 않을지, 노심초사하며 조심조심 폰뱅킹과 인터넷 뱅킹을 이용 중이다. 어머니를 모시고 은행에 다녀오는 건, 다시 하고 싶지 않은 이상한 일이기 때문이다. 자주 사용하지 않아서 그런지, 어머니의 금융 소비 생활 대행은 생각만큼 쉽지 않다. 이 사람 저 사람 출금 심부름 등을 해서 그런지 비밀번호 오류로 거래가 막힐 때도 있고, 오랫동안 ATM 출금을 안 하면 거래가 중지될 때도 있고, 정말 순탄치가 않다.

노화에 대해 생각한다.

나이가 들어도 우리 모두는 금융 소비자고 의료 소비자고 버스 승객이며 휴대폰 사용자이고 아파트 입주민일 거다. 아니 세상은 진짜 빨리 변하니까 또 어떤 역할이 주어질지 상상조차 할 수 없다. 그 모든 역할들을 누군가 대행한다고 해도 그건 정말 대행하는 것이지 노인의 마음을 들여다보는 것과는 별개의 일이다.

무엇이 최선일까,

나의 경우와 우리의 경우를 생각해 보니, 내 친정어머니가 90이 된다면 내 언니는 70이다. 시어머니는 자식을 늦게 낳기 시작한 편이어서 그나마 90 나이에 큰딸이 이제 환갑을 갓 넘겼고 아래로도 자식들이 많다. 그래서 나같이 40대 며느리도 있다. 그런데 우리 부모님 세대는 보통 자식이 평균 두 명이고 내 친정어머니처럼 빨리 자식을 낳은 경우는 자식과 부모가 함께 늙는다. 더 밑으로 내려오면 상황은 더 심각하다.

내 친구들은 나처럼 다 하나씩만 낳았고, 결혼을 안 한 친구들도 많다. 이제 우리는 노년을 자식에게 기댈 수 없다. 그런 세대다. 금전적인 도움뿐 아니라 경제 활동에 대한 것도 문제다. 내 친정 부모님께서는 경제적으로 안정된 노년을 살고 계시다. 하지만 모든 금융 업무는 우리가 도와드려야 한다. 물론 우리가 없다면 어떻게든 하시겠지만, 재테크라거나 실리를 따져야 하는 부분은 가족이 아니라면 믿고 맡길 상대가 없다. 사회 시설에서 그런 부분까지 해 줄 수는 없는 일이다.

나의 노년을 생각할 때, 그래서 종종, 답이 없다 느낀다.

우리는 자식에게 노년의 삶을 기대기 어려운 세대다. 왜냐하면 우리는 우리 부모님 세대보다 오래 살고, 자식 수는 적으며, 우리 자식은 우리보다 경제적으로 힘들지도 모르기 때문이다. 내 아이의 경우만 봐도 알 수 있다. 우리 부부가 환갑이 되었을 때 우리 친정 부모님은 90이 되시고 미혼인 내 언니도 환갑이 넘는다. 우리 가족 중 청년은 내 아이 단 한 명, 60 넘은 노인은 5명인 것이다. 자식이 나이 든 부모를 돌보는 생태계, 지금 같은 규칙으로는 굴러가기 어려운 미래다.

게다가 내 아이는 현재의 우리만큼도 경제적으로 안정되게 살지 못할 가능성이 크다. 미디어에서는 우리를, 부모님보다 경제적으로 부족하게 살 첫 세대라고들 말한다. 내가 바로 그 증인인 것이, 나는 아직도 부모님께 용돈을 드리지 못하고 있고, 특별한 여행이나 특별한 식사 등 큰돈이 들어가는 행사 때는 늘 그렇듯 부모님께서 비용을 대신다. 우리가 아직, 부모님이 보시기에도 우리가 판단하기에도 경제적으로 탄탄하지 못해서 그렇다. 우리 자식 세대는 우리보다 더욱 빈곤할 텐데(물론 '빈곤'의 기준이 바뀌어, 우리 어머니 세대가 말하는 정말 '먹을 음식이 없어' 삶을 이어 가지 못하는 수준의 빈곤은 아니다.), 어떻게 노부모를 돌볼 수 있을까.

경제적으로는 최대로 빈곤하고, 돌봐야 할 노인의 수는 최대로 증가한 내 자식 세대들에게, 우리는 어떤 희망을 줄 수 있을까.

코로나라는 바이러스가 진짜 이런 모습으로 생겨날지 아무도 예견하지 못했던 것처럼, 스마트폰이라는 물건이 이렇게나 전 세계를 휩쓸지 아무도 예상치 못했던 것처럼, 그렇게 미래에 우리 앞에 어떤 세상이 펼쳐질지 아무도 모른다고는 하더라도, 현재 수준으로 상상하는 나의 노년은 답이 없어도 너무 없다. 그래서 내 어머니의 노년의 삶을 바라보면서 나는 종종, 내 노년이 막연하다고 생각하고, 그래서 망연해진다.

91세 어머니의 핸드폰 교체기

●

내 시어머니는 91세. 돌아가신 내 할머니, 외할머니와 비슷한 나이시다. 그리고 내 친정 부모님은 70대 중반이시다. 그래서 나는 가끔 어르신의 마음을 헤아려야 할 때, 90 노인에 대한 우리의 돌봄이 마땅한지 의문이 들 때, 친정 부모님께 종종 묻는다.

"엄마, 할머니는 어떠셨어?"

"엄마, 외할아버지는 몇 살 때부터 보청기를 끼셨어?"

"아빠, 할머니는 언제부터 요양 보호사가 집으로 왔어?"

현실적으로 도움이 되는 답변을 들을 때도 있지만, 돌아가신 조부모님들에 대한 추억이나 기억으로 이야기가 빠져버려 아주 다른 이야기로 흐르는 경우도 많다. 하지만 나는 종종 묻는다. 그냥 나의 일상을 말하다 보니 말하게 될 때도 있고, 답답한데 물어볼 곳이 없어서 물을 때도 있다. 나의 머릿속 많은 부분에 어머니가 있는데, 그것만 쏙 빼고 대화를 한다는 것은 어려운 일이다. 어쨌든 대화의 마지막은 항상 "너희 시어머니는 정말 대단한 분이시다."로 끝난다. 귀는 어둡고 눈은 밝으신 것, 매사에 불평불만 없으시고 씩씩하신 것, 그리고 무엇보다 건강하신 것 때문이다.

그래서 이번에도 그냥 지나가는 말로 엄마 아빠에게 물었다.

"엄마, 외할아버지 아직도 휴대폰 쓰시나?"

(내 외할아버지는 올해 96세가 되셨고 아주 정정하시다.)

엄마는 무슨 소리냐며, 휴대폰으로 전화드린 지 꽤 됐고 이제는 집 전화로만 연락한다고 했다. 할아버지는 경중치매가 있으신데 언제부턴가 보청기도 끼지 않으시고, 혼자서 외출하는 일이 없으시니 휴대폰이 필요하지도 않게 됐다고 하셨다. 그래서 나도 말을 받으며, 우리 어머니도 이번에 휴대폰이 고장 나서 새로 해 드리려고 하는데, 사실 음감이 안 좋다며 집 전화만 쓰신 지 꽤 됐고, 혼자서 외출할 일도 없으신데 이걸 해드려야 하나 생각 중이라고. 언제부턴가 휴대폰으로 걸면 안 받으시고 집 전화만 받으신다고. 아마 소리를 켜거나 줄이는 것, 배터리가 방전되지 않게 충전하는 것, 그런 것들이 이제 버거우신가 보다고. 엄마와 나는 그런 이야기를 주고받고 있었다. 보통 나는 이런 대화를 엄마와 주고받고, 아빠는 듣기만 하시는 쪽이다. 그런데 아빠가 갑자기 불쑥 이렇게 말했다.

"필요 없어도, 갖고 노시게 하나 해 드려라."

아, 나는 순간 생각 짧고 철없는 며느리가 된 기분이었다. 친정 아빠는 70대 중반이신데 카카오페이로 장을 보시고, 손주에게도 언제부턴가 종이돈이 아니라 톡으로 용돈을 보내신다. 조용해서 방에 들어가 보면 탭으로 장기를 두고 계시고, 일할 때 오는 전화는 워치로 받으신다. 전자기기를 갖고 노는 즐거움은 정도만 다를 뿐 누구나 똑같다. 내 아이는 워치의 모든 기능을 활용하며 즐기지만, 내 아빠는 워치의 최소한의 기능만을 이용하면서도 더 많이 즐거우실 거다. 시어머니도 전화를 조작하지 못하시더라도 하다못해 열었다 닫는 즐거움, 충전하는 즐거움이라도 있을 텐데, 내가 그걸 간과했구나. 아빠는 조금 나이 든 노인으로서 많이 나이 든 노인의 마음을 바로 알아챘구나.

그리고 말하면서 나는 또 다른 사실도 깨달았다. 집 전화로는 걸려오는 전화는 받을 수 있지만, 걸고 싶은 곳에 걸 수는 없겠구나. '그래서 요즘 어머니의 전화가 뜸했구나.'라고.

휴대전화는 단축 번호를 익숙한 방식으로 꾹 누르기만 하면 되는데, 집 전화로는 도저히 발신할 방법이 없으니까. 어머니의 느린 동작과 안 보이는 눈으로 열한 자리 전화번호를 눌러 어딘가로 전화를 건다는 건 진짜 말도 안 되니까.

그렇게, 어머니의 휴대폰을 교체했다.

휴대폰 교체 기념으로 신이 나서 어머니께 전화를 드렸는데, 귀가 안 들리셔서 아무런 대화도 하지 못했다. 나는 언제나처럼 '에미 덕분에 휴대폰 새걸로 바꿨다. 고맙다.' 그런 칭찬을 듣고 싶었는데. 목소리만으로 나란 걸 알아채신 게 신기할 정도로 아무런 대화가 되질 않았다.

10년 만이다. 함께 시내 휴대전화 대리점에 모시고 가 교체해 드렸던 게 꼭 10년 전인데, 이제 어머니는 외출이 어려우시다. 내 아이가 말을 배우고 글을 배우고 수학을 배우고 영어를 배우고, 나보다 키가 커지는 사이. 어머니께서는 늘 비슷한 얼굴이었는데, 조금씩 늙고 계시다고 생각했는데, 아니었나 보다. 아이가 훌쩍 커버린 것과 똑같이, 어머니가 훌쩍 늙어 버리셨다.

나는 아직 코로나에 걸리지 않았기에

●

2022년 3월 27일 현재, 나는 아직 (한 번도) 코로나에 걸리지 않았다. 친구 셋이 만났을 때 아직 코로나에 안 걸린 한 명이 있다면 그를 '인류의 희망'이라고 부른다던데, 아직 나는 인류의 희망이다.

2022년 3월 27일 현재, 전 국민 5명 중 1명이 코로나에 걸린 적이 있다고 한다. 실제로 주변 지인들, 친척들, 친구들 상당수가 전 가족 확진을 전해 오고 있다. 오랜만에 오는 연락의 대부분은 "아직 괜찮니?", "코로나 안 걸렸지?"이고, 나는 "아직요."라고 답한다.

어머님을 뵌 지 3개월 됐다.

이렇게 오랫동안 얼굴을 못 본 건 실로 오랜만이다. 우리는 자식이 여럿이고 어머님 곁에는 매일 아침 9시부터 12시까지 출근하는 사촌 시누이(겸 요양 보호사)가 있기에, 사실 막내며느리인 내가 장기간 방문하지 않아도 크게 빈자리가 생기지는 않는다. 하지만 종종 걸려 오는 어머님의 전화에(잘 지내니 오지 말라는) 내가 장기간 방문하지 않고 있구나, 깨달을 따름이다.

사실 나는 요즘 어머님께 일부러 방문하지 않고 있다. 우리 가족은 아직 아무도 코로나에 걸리지 않았고, 어머니는 올해로 90세가 되신 천식 환자이기 때문이다. 코로나 바이러스 김 염으로 인한 사망자 수가 400명을 넘어섰다. 우리도 어머니도 3차까지 백신을 맞았으니 괜찮을 거라며, 코로나에 그리 쉽게 걸리진 않을 거라며, 무덤덤히 지내던 시절도 있었다. 하지만 요즘 나는 상상 코로나에 시달리는 중이고, 무증상 감염자가 돼 어머니께 오미크론 바이러스를 옮기게 되지는 않을까, 어머니를 뵙고 온 다음 날 갑자기 목이 아프거나 콧물이 나오는 상황이 발생한다면 이걸 어쩌나. 코로나 바이러스에 대한 공포가 극에 달해 있다.

1년 반 전 추석, 코로나 후 맞이한 첫 명절에, 화장실 다녀오시다가 넘어진 어머니를 모시고 구급차를 탄 경험이 아직도 생생하다. 우리가 불운을 한번 데리고 간 경험이 있기에, 차라리 방문이 소원하고 무심한 막내가 되기를 택했다.

어머니의 시간이 이를 알아채지 못하고, 늘 그렇듯이 조금 지루하지만 평온하게 지나가기를 바랄 뿐이다.

1933년생 어머니가 바라보는 대한민국은

●

2022년 10월 마지막 날, 어머니께서 전화를 하셨다.

"에미야, 밥 먹었어? 우리 애기 잘 놀지? 그래, 알았어. 집에 있다구? 집에 있어? 지금?"

어머니가 말씀하시는 '우리 애기'는 2008년생, 중학생이다. 물론 잘 논다. 학교도 잘 다니고 이제 곧 군대도 가고 대학도 가고 맥주도 마실 것 같다. 어머니의 질문들이 언제나처럼 항상 같은 레퍼토리였기 때문에, 혹시나 혹시나 하면서 늘 하던 대답을 했다. 그런데 전화를 끊지 않으신다.

"그래. 좀 바꿔 봐라."

난 단박에 알았다. 어머니께서 뉴스를 보셨구나. 핼러윈을 즐긴다고 서울 이태원에 모인 사람들이 겪었던 그 사건.

"서울에서 난리가 났드라, 우리 애기 집에 있지?"

샤워 중인 아이에게 굳이 욕실 문을 두드려 전화기를 넣어 줬다. 뉴스 보고 할머니가 전화하셨으니 얼른 받으라고. 다행히 아이도 허둥지둥 손에 물기만 닦고 알몸으로 전화를 받아 들어갔다. 뭐라 뭐라 통화하는 게 정확히 들리진 않지만 내용은 뻔하다. 어머니는 굵은 중저음의, 사춘기 손주의 목소리를 확인했으니 안도하며 끊으셨을 거다.

어머니는 뉴스를 보며 무슨 생각을 하셨을까. 40여 년 전, 광주 민주화운동 때 길바닥에 젊은이들의 시신이 누워있던, 그때 그 광경을 상상하셨을까. 자세한 내막은 잘 이해하지 못하시니 흡사 그렇게 보였을 것 같기도 하다. (어머니와 나이가 같으신, 하지만 십 년 전에 돌아가신) 외할미니가 그런 이야기를 하셨었다. 그때 광주 때, 강진에서 어디까지 차를 타고 가다가 어디서부터 걸어가셨는데, 이놈이 내 자식 같고 저놈이 내 자식 같고. 다 뒤집어 보며 그렇게 길을 걸어가셨다고.

어머니는 1933년생이시니, 일제강점기에 태어나셨다. 그리고 유년기에 광복과 전쟁과 분단을 겪으셨을 거다. 모두 어머니 10대 때 일어난 일이다. 내가 교과서에서 배우는 그 모든 일들을 어머니는 모두 살아내셨는데, 어머니가 보시기에 지금의 대한민국은 어떨까. 경제적으로 풍요로우니 세상 살기 좋아졌을까, 아니면 아직도 저런 일이 있으니 40년 전이나 지금이나 세상은 똑같다 생각하실까.

그날은 왠지 어머니의 손을 붙잡고, 슬프지만 도란도란 이런 이야기를 나눠보고 싶었다. 어머니, 우리는 어떡하면 좋을까요. 어머니는 어떤 마음으로 그런 시대를 살아 내셨나요.

어르신 한 분을 건강하게 지키는 데도 온 마을은 필요하다.

아이 한 명을 키우는 데 온 마을이 필요하다지만 어르신 한 분을 건강하게 지키는 데도 온 마을은 필요하다. 한 사람의 삶을 하나의 이야기라고 할 때 우리 사회는 이야기의 시작에는 관심이 많으나 이야기의 마무리에는 별 관심이 없다. 하지만 아이는 시간이 흘러 노년이 된다. 그 이야기는 결국 나의 이야기가 된다.

《아픔이 마중하는 세계》, 13쪽

노인을 소재로 한 책을 많이 찾아본다. 그런데 요즘 아버지에서 어머니로 그리고 할머니로 책의 글감이 옮겨가는 기분이다. 그간 책 속에서 슬픈 할머니, 귀여운 할머니, 주체적인 삶을 사는 할머니 등을 만났다. 이번엔 할머니와 할아버지의 노년을 바

17 양창모, 한겨레출판사, 2021

라보는 의사의 입장이다.

왕진(往診).

왕진 의사 양창모 선생님이 말한다. 병원에 갈 수 없는 노년의 삶을 사회가 돌보아야 한다고.

의료 서비스에서 소외된 노년의 삶들은 글로 읽기에도 참 슬프고 목이 멘다. 중학교 1학년이 된 아이에게 '왕진'이라는 단어를 아느냐고 물으니, 그게 무슨 단어냐며 왕이 전진하는 거냐고 묻는다. 왕진이라는 의료 서비스를 접한 적 없으니 당연히 모를 수밖에. 우연인지 몰라도 내 어머니가 살았던 원주 지역 이야기도 나온다. 내 어머니가 살았던 그 동네 이야기도 나온다.

내 어머니는 총 4종의 약을 드신다. 혈압, 당뇨, 비뇨기 관련, 척추 질환 관련. 한 달에 한번 병원에 가실 때는 각 진료과 앞에서 평균 40분을 기다리시고 필요시 각종 검사를 하러 다니느라 걷기도 하고 휠체어를 타기도 하지만 평균 4시간을 병원 의자에서 대기하신다. 4시간의 진료를 겪고 나면 주차장까지 차를 타러 가는 것도 버겁기 때문에 병원 정문 앞에서 타는 택시가 가장 편하다고 하신다.

그 수발을 환갑 넘은 딸이 해야 한다. 아니면 조금 더 젊은 50줄의 아들이 하기도 한다. 그나마 평일 낮에 시간을 낼 수 있는 자식이 있고, 종합 병원 근처에 사는 자식이 있어 가능한 일이다. 하지만 책 속에 나오는, 물 건너고 산 넘어야 읍내를 나올 수 있는 지역에 사는 노인분들은 어떡할까. 도대체 어떻게 병원 진료를 받고 계실까. 그분들의 이야기가 책 한 권을 채운다. 그중에 책 속 문구가 나온다.

아이 한 명을 키우는 데 온 마을이 필요하다지만 어르신 한 분을 건강하게 지키는 데도 온 마을은 필요하다.

맞다. 온 가족을 넘어서, 온 마을이 필요하다.

가족들이 정말 어르신 가시는 길에 극한의 정성과 극한의 최선을 다하지 않아도 된다는, 그러지 않을 자유도 있다는 말이 정녕 설득력을 갖는 시대가 올까? 부모의 죽음 앞에 정성과 최선을 다해야 하는 것은 맞지만, 또 그러고 싶기도 하지만. 거기에 '극한의'라는 단어가 붙어야 하나. 21세기인데, 모든 것이 스마트해지는 시대가 왔는데. 좀 더 현명한 방법이 있다면, 찾을 때도 이제 좀 되지 않았을까.

노년을 읽습니다

《낯선 여자가 매일 집에 온다》[18] _ 나는 나쁜 사람

취미는 임종 준비, 삶의 보람은 손자입니다.

에세이 《낯선 여자가 매일 집에 온다》의 에필로그 첫 문장이다. 이 글이 실화라고 서문에 나와서, 나는 혹시 치매에 걸린 작가가 정신이 맑을 때 조금씩 쓴 글이 아닐까 생각하면서 읽었다. 그런데 끝까지 읽고 보니, 시어머니를 모시는 며느리가 쓴 글이었다. 그리고 책 제목에 나오는 '낯선 여자'는 작가 본인이었다. 며느리를 '낯선 여자'라 칭하는 주인공은 여든한 살이다.

우리보다 고령 사회를 먼저 겪고 있는 일본에서는 75세를 기준점으로 해서 이전은 '전기 고령자' 이후는 '후기 고령자'로 분류한다고 한다. 관리하는 입장에서야 그게 편하겠지만, 75세인 사람들은 뭔가 정말 마지막 무언가가 꺾인 기분이 들지 않을까 생각했다. 서른 살, 마흔 살, 쉰 살, 예순 살……. 자신의 나이 앞

18 무라이 리코, 오르골, 2022

자리 숫자가 바뀌는 거에 사람들이 얼마나 민감한데, 거기에 후기 고령자가 되는 시점까지 더해진다니. 너무하다.

그런데도 어째서인지 까슬까슬한 위화감이 마음속에 남아 있었다. 아주 강렬한 슬픔인 것 같기도 하다. 하지만 그게 어떤 이유에서 비롯된 감정인지 아무리 생각해 봐도 알 길이 없었다.

《낯선 여자가 매일 집에 온다》, 87쪽

치매가 심해지면, 과거의 어떤 사건에 대한 이유와 과정 등 스토리는 다 잊고 감정만 남는다고 한다. 뭔가 이상한 거 같긴 한데, 불쾌한 느낌이기도 한데, 그게 뭔지 전혀 모르는 상황. 〈트루먼 쇼〉의 주인공임을 깨달았을 때, 트루먼의 마음이 왠지 그랬을 것 같다. 카오스.

너는 나에게도 거침없이 말을 툭툭 던진다.
얼굴만 보면 "약은 드셨어요?" 하고 묻는다.
진절머리가 난다.

같은 책, 156쪽

아직 노인이 되지 않은 사람들이 노인들에게 가장 많이 하는 말이 '식사하셨냐'와 '잘 주무셨냐', '약은 먹었냐'일 텐데. '진절머리'가 난다니.

기분과 상태에 대한 질문이 아니라, 어떤 것의 O/X를 물었구나. 저의가 나빴구나.

어차피 내가 전부 나쁘다
나는 골칫덩이다

같은 책, 156쪽

치매에 걸린 주인공은 책의 처음부터 끝까지 며느리가 나쁘다고 하고(1장 너는 나쁜 사람), 남편이 나쁘다고 하고(2장 파파몬은 나쁜 사람), 의료인이 나쁘다고 하고(3장 흰옷 입은 여자는 나쁜 사람), 수리 기사가 나쁘다고 하고, 주변의 모두가 나쁘다고 말한다. 뒷장에서는 치매에 걸린 주인공을 속여 먹는 진짜 나쁜 사람도 나오지만, 어쨌든 가족들은 모두 주인공이 이해할 수 없는 낯설고 나쁜 사람이 된다. 슬픈 이야기지만 담백한 어투와 전개에 소설을 보듯 그렇게 읽었는데, 마지막 장은 제목이 참 슬펐다. 결국 마지막에 주인공이 하는 생각은 '나는 나쁜 사람이다'

니까.

우리는 살면서 줄곧 '나의 잘못'을 반성한다. 후회하고 더 잘하려 노력한다. 그런데 마지막에 치매에 걸려서 까지, 모든 기억을 잃고 성정까지 바뀐다는 그 질병에 걸리고 나서도 '나는 나쁘다'라고 말한다니.

억울하다. 많이 억울하다.

사랑했던 가족까지 잊는다는 그 병에, 밥 먹는 방법까지 잊는다는 그 병에 걸려서도, 마지막에 자기를 탓하다니,

이건 정말 많이, 너무한 거 아닌가.

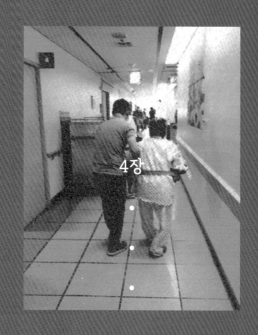

4장

어머니의,
나의,
우리의 노년

토요일에 너희들이 오길 바랬어

　•

　만나자마자 어머니께서는 '왜 이제 왔냐'고 하셨다.

　우리는 어머니께 간다고 전화를 드리지 않았는데, 면회 예약이 잡히면 병원 간호사가 미리 말을 해 주나? 심지어 예약 시간보다 10분 일찍 도착했는데, 이게 무슨 뜻일까.

　"지난주 토요일 11시에도 너희가 오기를 바랬어. 이번 주 토요일에도 11시에 오기를 바랬어. 그런데 왜 이제 왔어어어. 그래, 잘 왔어."

　토요일이면 누군가 보러 오기를 바랐다는 말이구나. 옆 침대 할머니도 가족이 오고, 옆 병실 할머니도 가족이 오고,

그런데 왜 나만 아무도 안 오냐고 투정이나 원망하실 수도 있는데, "너희가 오기를 바랐어."라고 말씀하시는 것은 얼마나 진심이 보이는 표현인지.

우리 가족들은 보통 평일에 어머니를 뵈러 간다. 자영업을 하시는 아주버님은 특히나 길 막히는 주말보다는 평일에 자주 가시고, 넷째 시누이도 비교적 연차 사용이 자유로운 직업이어서 평일에 자주 간다. 연차 사용이 어려운 남편과 나만, 어쩔 수 없이 토요일 오전에 간다. 12시 전에 도착하려면 토요일 새벽부터 아침도 못 먹고 서둘러 출발해야 한다. 아이를 데려가려면 더 분주하다. 아이도 월화수목금 학교에 학원에 밤 늦게까지 고단한 것을 알지만, 일어나라 큰 소리로 닦달하며 깨운다. 다행히 불평은 안 하지만, 행동이 굼뜨다.

예전의 어머니라면 힘드니까 오지 말라고 하셨을 텐데. 주말엔 너희도 집안일하고 쉬어야지 왜 오냐고 하셨을 텐데. 왜 이제 왔냐니. 주말이면 요양 병원 구석구석이 방문객들로 활기를 띄니, 들썩들썩 어머니 마음도 기대에 차나 보다.

지인들의 이야기를 들어보면, 요양병원에 계신 부모님을 방문하면 어쨌든 마음이 안 좋다고 한다. 늙고 아픈 부모님을 보는 것 자체가 힘든 일인 데다가, 늙고 병들어 성정이 많이 변하신 부모님들께서는 자식들이 속상해할 만한 별의별 말을 다 하신다고 한다. 치매가 심해지신 경우나 대화 자체가 어려운 경우라면 말할 것도 없을 거다. 그런데 시어머니께서는 그런 불편함을 주시는 경우가 없다. 다 좋다고 하시고, 다 괜찮다고 하신다. 오히려 이번 경우처럼, 안타까운 마음이 더욱 더해지는 그런 말들을 더러 하신다.

어머니는 이런 말들을 대체, 어디서 배우신 걸까. 다음에는 또 어떤 말들을 내게 들려주실까. 생각해 보면 언제부턴가, 나는 80세 노모의 말이 듣고 싶고, 80세 노모의 칭찬이 듣고 싶어서 어머니에게 갔다. 어머니의 이야기가 듣고 싶고 어머니의 옛날 일들이 듣고 싶었다. 그래서 들리지도 않고 나누기도 힘든 말들을 주고 받았다. 그래서 내가 쓰게 됐나 보다. 어머니 이야기들을.

노인과 약(藥)
─ 약을 먹는 것이 자연스러운 나이

●

"어머니 연세에 이 정도 약은 많은 거 아냐. 이 정

도면 양호한 거야."

"그래도 어머니는 당뇨, 혈압약 외에 드시는 거 없잖아. 이 정도면 다행이지 뭐."

"어머니 연세에 수면제나 우울증약 하나 안 드시는 분들 없어. 다들 그래."

어머니가 드시는 어마어마한 양의 약을 보고 걱정스러워하는 막내며느리에게, 많은 분들이 해 주신 말들이다.

어머니가 어머니 인생에서 제일 큰 수술을 하신 후 어느 날, 어머니 찻상에 놓인 약을 찬찬히 훑어본 적이 있다. 고혈압 약은 식전에 한 번, 당뇨약은, 정형외과 약은, 비뇨기과 약은……. 나도 구분하기 어려운 많고 많은 약을 드시던 어느 날. 결국 탈이 나시고야 말았다. 진통제의 간격을 잊고 연달아 세 차례 드셨고, 위장 장애가 온 거다. 어머니가 스스로 챙겨 드신 거니, 남은 약의 개수를 확인하기 전까지는 간병하시는 시누이도 예상치 못한 일이었다. 이미 먹어 버린 약이니 어쩔 수 없었고, 약의 독성이 몸에서 빠져나갈 때까지 앓고 나신 후에야 괜찮아지셨다.

내 시어머니 나이가 90세, 내 외할아버지 나이가 95세, 그 연배의 노인분들이 드시는 약을 보고 매번 깜짝 놀란다. 일단 약의 양이 너무 많다. 그리고 약의 복용이 일상화되어 있다. 감기약만 먹어도 몽롱해지는 몸의 변화를 느끼는 나로서는 상상이 어려운 일상이다. 약이란 것이 몸에 주는 작용만큼 반작용(즉, 부작용)도 있는데, 약이 제 기능을 하려고 얼마나 많은 반작용을 일상에 남길까. 나는 콧물감기약 하나에도 잠이 오거나 입맛이 없어지는데, 도대체 노인들은 얼마나 생활의 질이 서서히 저하되고 있는 걸까. 노인이 되면 음식의 양도 줄어들고 대사도 저하된다는데, 그것과 반비례해 먹는 약은 늘어난다. 그래서 노화로 인한 기억력 감퇴와 더불어 모든 일상이 희미해지는 결과를 낳는 게 아닐까. 그리고 그건, 과연 괜찮을까.

지나온 인생과 현재의 일상이 희미해지고 섞이는 혼돈, 노화의 끝에 그게 기다리고 있다니. 그런 분께 며느리로서 가끔 (아니 사실 종종) 서운함을 품었다는 게 부질없고, 부끄럽다.

나는 아주 가끔, 며느리가 된다.

시어머니를 대하는 며느리 입장이 되어 서운하고 고깝다. 그리고 금세, 다시 90 노인을 바라보는 (아직은 젊은) 40대가 된다. 잠깐 고깝고 마냥 애틋하다. 양가적 감정이다. 양가적 감정이 생긴 걸 보니, 이제 우리는 정녕 가족이 되었나 보다.

90세 노인의 최애 살림 – 텔레비전

●

우리 어머니의 최애 살림은 단연 텔레비전이다. 텔레비전과 리모컨.

다만 외롭지 않게 해 주니까, 할 일이 없으니까 텔레비전을 보시는 게 아니다. 재미있어서 보시는 거다. 우리가 바쁜 시간을 쪼개어 넷플릭스를 보고 웨이브를 보고 왓챠를 보는 것과 마찬가지다. 요즘은 케이블 채널도 여럿 추가하셔서 더 다양한 트롯 채널을 보신다고 들었다. 그러니 이건 인정해 드려야 하고, 측은하게 생각해서는 안 된다. 또한 어머니의 스케줄에서 최애 프로그램이 방영되는 시간을 존중해 드려야 한다는 의미다. 젊은 사람들이 백만 원 가까이하는 휴대폰을 생필품이라 생각하는 것과 노인에게 모니터가 크고 화질이 좋은 텔레비전을 사는 것은 같은 이치다. 그러니 코로나 시대에 '취미가 넷플릭스'라 당당히 말하게 된 것처럼, 어머니의 취미는 텔레비전이다.

어머니께서 한동안 시누이 집에서 사셨는데, 몸 상태가

나아지니 자꾸 집에 가 보고 싶으시다고 하셨다. 그래서 거의 10개월 만에 본인 집으로 돌아가서서 일주일을 사셨다. 아무도 없고 마당도 없고 마실 나가기도 힘든 빌라 3층에 있는 집이지만, 내 집이 주는 안온함과 만족감을 모르지 않아 모셔다 드렸다. 일주일 만에 다시 모시러 갔을 때 어머니께서는, 날 보자마자 텔레비전 앞으로 데려가셨다. 그리고 말하시기를

"에미야, 이게 도통 꺼지지를 않는다."

"서울 올라가기 전까지는 잘 됐었는데, 꺼지지를 않아. 한 3일 됐다."

"3일……(동안이나)요?"

리모컨으로 일단 꺼 보니, 잘 꺼진다. 켜 보니, 또 잘 켜진다. 잘 되는 것을 보여 드리고 어머니께 해 보시라 리모컨을 드렸다. 어머니는 왜 니가 하면 되냐면서 본인이 해 보시는데, 자세히 보니 버튼을 너무 '꾸우욱' 누르신다. 그러니 껐다가 다시 켜지기를 반복하게 된 거다. 그래서 이상하게 텔레비전이 꺼지지를 않고 조금 이따가 다시 켜진다고 말씀하신 것이다. 그래서 살짝, 빠르게 누르라고 말씀드리니 "오호!"라며 열 번쯤 연습을 하시고는 만족스러운 표정이 되셨다.

그러고 나서 텔레비전 주위를 만져보니 텔레비전이 따뜻하다. 이러고 며칠을 계셨던 걸까. 3일이 맞긴 할까? 조금 더 찬찬히 살펴보니, 평소보다 작게 설정된 텔레비전 볼륨이 보인다. 아마 본인이 느끼시기에 너무 시끄러운데 끌 수는 없으니, 차선책으로 볼륨을 아주 작게 해 놓으신 것 같다. 아마 1년 전의 어머니셨다면 코드를 뽑아 버리셨을 텐데, 요즈음의 어머니는 조금씩 총기가 사라지고 계시기 때문에 미처 그럴 생각을 못 하신 듯하다.

전자 제품은 빠르게 진화하는데 노인은 전자 제품 진화의 반대 방향으로 서서히 퇴행한다. 최소한 그 자리에서 변하지만 않아도, 그래도 노년이 썩 괜찮을 텐데, 야속하게 노인의 신체는 반대 방향으로 퇴행한다. 게다가 한국은 IT와 전자 제품의 강국이다. 그리고 한국 사람들이 어찌나 적극적이고 열성적으로 전자 기기를 학습해 대던지, 코로나 때 스마트폰을 이용한 출입 관리가 한국처럼 잘 된 나라가 없었다고 한다. 그리고 그때의 성공 경험으로, 한국 사람들은 스마트폰 사용과 디지털 환경에 더욱 겁이 없어졌다고 한다.

노인이 되어도, 덜 늙고 덜 천천히 늙으려고 노력해야 한다. 그래도 결국 그날은 온다. 텔레비전을 켜고 끄는 것도 어려워지는 시점.

참, 어떻게 해야 할지를 모르겠다.

드라마라는 요물에 대하여

•

어머니께서는 아침 8시 20분에 아침을 드시고, 점심 12시 30분에 점심을, 저녁 5시 30분쯤 저녁을 드신다. 6시에 텔레비전에서 '여섯 시 내 고향'이 시작된다. 이 프로그램이 끝나고 조금 후 7시 50분에 1차 일일 드라마가, 이후 8시 30분에 2차 일일 드라마가 시작된다. 어머니의 하루 일과는 그래서 9시에 모두 끝이 난다.

어머니와 평일을 함께한 적이 있다. 내 집이 아니었기 때문에 하릴없이 드라마를 보는 어머니 곁에서 휴대폰을 만지작거리고 있을 때였다.

"에미야, 저 여자가 사람을 죽였어. 쯧쯧쯧."

"그런데. 본 사람이 없으면 괜찮대."

"사람을 죽였대. 글쎄. 뭔 저런 여자가 다 있냐. 쯧쯧쯧."

이 얘기를 마치 몹쓸 짓 한 도둑이나 강도에 대한 이야기를 할 때의 표정을 지으며 세 번쯤 하셨다. 5분에 한 번씩, 드라마를 보며 줄거리를 며느리에게 설명하는 89세 시어머니라니. 이렇게 뭔가에 몰입하신다는 게 참 신기하고, 어머니가 그리고 텔레비전이라는 것이 대견하고 그랬다. 친한 지인에게 이 이야기를 하니, 일일 드라마 하는 시간에 안부 전화 드리는 게 제일 큰 불효란다. 그 시간은 피해서 전화를 하는 게 기본이라고. 실제로 드라마를 보시다가 자식이 전화를 걸면 대충 대꾸하고 서둘러 끊으시는 게 눈에 보였다. 어머니에게도 일상이 있는데, 어쩌면 우리는 우리 편한 시간에 아무 때나 전화를 해 온 것은 아닐까.

물론 외로우실 거다.

하지만 섣부르다. 하루 종일 말벗도 없고 적적한 날들을 견디고 계실 거라는 자식들의 섣부른 이해. 자식이 가면, 자식이 전화하면 버선발로 받으실 거라는 오만. 나에게 내 아이가 무척 소중하지만 내 인생의 전부가 아닌 것처럼, 어머니에게도 소중한 어머니만의 일상이 있으실 거다.

아니 그런데 이건, 나만 몰랐던 이야기인가. 작년 추석에 명절 선물로 텔레비전을 사 드리려 방문했던 가전제품 매장에서, 방에서 보는 용도로 인기가 많은 42인치 모델은 모두 품절이었다. 브랜드를 바꿔 알아보며 설마 제품이 없으려나 생각했는데, 모든 브랜드의 가전제품 매장이 동일한 상황이었다. 9월인데 그해의 예상 판매량이 모두 소진되었다니.

팬데믹으로 한동안 '취미는 넷플릭스'라 오랫동안 말했다. 마찬가지로 어머니에게도 텔레비전이라는, 드라마라는, 그런 요물이 있어 얼마나 다행인가.

오늘도 어머니는 리모콘을 두 손에 꼭 쥔 채, 어머니가 아는 유일한 문자인 숫자 버튼을 꾸욱 눌러가며 9번과 7번과 11번을 넘나들고 계시겠지. 그렇겠지.

89세 노인이 3층에서 살아가는 법

●

어머니 집은 3층이다.

다가구 주택 3층이기 때문에 엘리베이터가 물론 없고, 오르내리는 계단도 실외에 있어서 비바람이 다 들이친다. 지팡이 없이 간신히 걸으시는 어머니께서는 오르내릴 때 꼭 난간 손잡이를 붙잡으셔야 한다. 실제로 어머니가 오르내리시는 걸 보면 난간을 붙잡는다기보다는 난간에 매달린다고 하는 게 더 맞는 듯하다. 어딘가에 다니실 때는 꼭 어깨에 가방을 메신다. 두 손은 난간에 매달릴 때 써야 하니까.

한 번도 생각해 본 적은 없는데, 그렇다면 어깨에 멜 수 없는 분량과 성질의 짐은 어떻게 옮기시는 걸까. 그걸 얼마 전에 알았다.

코로나 백신을 맞으셔야 해서 시누이 집으로 모셔다 드리기 위해 어머니 집에 갔다. 우리는 장기간 집을 비울 생각에 냉장고에 창고에 집안 여기저기를 정리했다. 그러는 사이 현관에 꽉 찬 쓰레기 봉투와 재활용 쓰레기가 금세 쌓였다. 문을 잠그고 들고 나오려고 하는데, 어머니께서 현관 옆에 항상 놓여 있는 빈 박스를 찾으신다. 그것도 버리시려고 하나, 찾아 드리니 그 안에 일반 쓰레기를 넣으라고 하신다.

"네? 어머니, 이걸 이 박스 안에 넣어요? 왜요?"

어머니는 단호한 표정으로 나에게 잠자코 있으라더니, 이렇게 하셨다.

1. 일반 쓰레기를 빈 박스 안에 넣는다.

2. 현관 앞 복도에서 박스를 주저 없이 아래로 툭, 던진다.

3. 난간에 매달려 1층까지 내려간다.

4. 1층에서 쓰레기가 담긴 박스를 다시 줍는다.

5. 쓰레기 버리는 곳에 가져다 둔다.

어머니는 지금껏, 이렇게 사신 거다. 정말 똘똘한 89세 할머니가 아닌가. 우리 어머니 진짜 똑똑하시다며 남편과 나는 한바탕 웃었지만, 나는 그날 내가 적당히 외면한 어머니의 일상 중 하나를 봐 버렸고, 그 장면이 오랫동안 떠올랐다.

언젠가 한번은 어머니집 대문이 잠겨 있었던 적이 있다. 다가구 주택이기 때문에 절대 대문이 잠겨 있는 적이 없는데, 그날은 평일 낮이어서 그런지 건물 전체에 인기척도 전혀 없고 불러도 아무도 대답도 없고, 퍽 난감했다. 물론 언제나처럼 어머니는 3층 문앞에서 우리를 내려다 보고 계셨지만, 어머니가 문을 열어 주러 우리에게 올 수는 없었다. 그건 우리도 알고 어머니도 아는 사실이다. 집주인에게 전화를 거니, 본인도 일하러 나와 있어서 도움을 줄 수 없다며, 아마도 바람에 문이 닫힌 것 같으니 담을 넘어 들어가도 된다고 했다. 담이 결코 낮지 않았지만, 어쨌든 키 170미터가 넘는 중학생 아이가 뛰어넘는 것은 가능했다.

그래서 우리는 그렇게, 담을 넘어 어머니집에 들어갔다.

어머니집 동네에 들어서면, 멀리서 어머니 집이 보인다. 보통 날이 좋은 날에는 어머니가 집 앞 의자에 나와 앉아 계신다. 올려다보면, 멀리 무언갈 내다보고 계신 어머니가 보인다. 멀리서 어머니를 부르면, 알아채고 느릿느릿 일어나 손을 흔드신다. 나는 찰칵, 사진도 찍는다. 그리고 언젠가 이 날이 그리울 것을 예감한다.

어머니에게도 친구가 있었으면 좋겠다

●

어머니의 친구가 놀러 왔다.

온 가족이 모여서 어머니 생신 파티를 한 후, 미역국을 끓여 놓기 위해 어머니 집으로 향했다. 며칠간 비워 둬 냉기를 뿜는 집에 보일러를 돌리고 늘 그렇듯 창고와 냉장고를 둘러보는데 누군가 찾아왔다. 방문객이 거의 없는 이 집에 누가 왔나 의아해 나가 보니, 어머니보다는 조금 젊어 뵈는 할머니가 서 계신다.

"아니, 싹 다 생일잔치 하고 왔구먼. 내가 여기서, 30분을 기다렸어."

이 엄동설한에, 들어가 바람 피할 곳도 없는 단독주택 바깥 골목에서 정말 30분을 기다리신 걸까.

아주버님도 형님도 남편도 처음 본다는 그분은 30년 전(어머니가 살던 동네가 없어지기 전), 한동네 살던 이웃이라 했다. 어머니의 고향은, 내 남편의 고향은, 30년 전 리조트가 생기며 싹 다 없어졌다. 두메산골 마을 사람들은 땅 크기에 맞춰 리조트로부터 보상금을 받고 여기저기로 이사했다. 그래서 어머니는 이웃도 친구도 없다. 옛날에는 친척이 곧 이웃이었는데, 덕분에 친척들도 뿔뿔이 흩어진 것 같다. 나이 60 넘어 이사한 시내 한복판 다가구주택에서, 친구를 만들기란 어려운 일이었을 거다. 게다가 아침이면 일 나가는 삶을 팔십 중반까지 하며 사셨으니, 이웃에 누가 사는지도 알기 어려우셨을 거다.

오랜만에 만난 친구에게 어머니는 야는 누구고 야는 누구고, 야는 큰 애 색시고 야는 손주고 설명하기 바쁘시다. 다들 잘 커서 다들 잘 됐다고.

"다들 잘 컸지, 잘 되고. 잘 됐네. 근데 왜. 어머니를 왜 이런 3층 집에 살게 해 그래. 징역 살이지 이게, 어디 가지도 누가 오지도 못하고."

아주머니께서는 어머니의 두서없는 자랑을 휘적휘적 손을 저으며 흘려들으시더니, 그 말을 하셨다. 본인이 가끔 놀러 오지도 못 하게 왜 이렇게 높은 층에 모시냐고. 우린 입이 있지만 할 말이 없었다. 그렇구나. 우리 어머니가 못 나다니시는 것뿐 아니라, 몇 안 되는 친구들을 못 올라오게 하는 것도 계단의 존재구나.

삼십 분을 기다렸다는 말과 와줘서 고맙다는 말을 열 번 정도 주고 받으신 후, 이제 그 옛날 이웃들의 근황 이야기가 시작됐다.

"○○은?"

"죽었지. □□은?"

"그이도 죽고. 다 죽고 없어."

"작년엔가 언젠가 죽었지. 다 죽었어."

친구. 그게 얼마나 좋은 건데. 어머니에게는 이제 친구가 다 사라졌구나. 그리고 몇 안 남은 친구분들조차 못 오게 막는 게, 저 계단이었구나.

결혼 전 예단으로 침구를 준비해 간 어느 날. 큰시누 집에 가니 내 어머니와 이웃 할머니들이 모여 계셨다. 내가 보기에 비슷비슷하게 생기신, 허리가 조금 굽고 허리가 조금 더 굽은 할머니들은 옹기종기 앉아 새색시를 기다리고 계셨다. 말간 눈으로 날 올려다보며 "이쁘다", 색색의 예단 이불을 만져보며 "곱다", 어머니는 꽤 의기양양해하셨던 것 같기도 하다.

그때 어머니 연세가 75세였다. 어머니가 언젠가 그런 말을 하셨었다. 칠십 다섯만 먹었음 좋겠다고. 아마, 친구도 있고 감자도 캐러 다닐 수 있었던 그때를 말하셨던 것 같다.

돌아가고 싶은 나이가 20대, 30대가 아니라 75세라니 너무 소박한 거 아닌가 싶었는데, 그때 그 시절의 어머니를 떠올리면 그때의 어머닌 정말 다른 사람이셨다. 그때는 만두도 순식간에 100개씩 만드셨고, 도라지도 금방금방 산처럼 깎아 쌓으셨고, 설거지도 휘리릭 하셨다. 날아다니셨다.

지금은 그저, 앉아만 계신다.

그땐 정말 진짜 몰랐다. 이렇게 그 시절의 어머니가, 보고 싶어질 줄은. 이렇게 어머니께 친구를 만들어 주고 싶은 마음이 생길 줄은. 이런 걸 보면 좀 겁이 난다. 살면서 또 얼마나, 내가 짐작하지 못한 감정이 미래의 나에게 올 것인가.

89세 어머니가 몸을 씻는다는 것은

•

어려울 줄 알았는데.

두 번의 외과적 수술의 상혼을 훌훌 털어 버리시고, 2021년 가을, 어머니께서 다시 3층 집 본가로 완전히 내려가셨다.

아니다. 훌훌 털지는 못했다. 아주 고생하셨다.

여러 번의 고비가 있었지만 다 언제나처럼 지나가 버렸고 다시 홀로 사시기 위해 내려가셨다. 그리고 어머니 나이 89세를 기점으로, 주 6일을 어머니 집으로 출근하시는 요양 보호사가 생겼다. 매일 세 시간씩 어머니 집에 들러 청소하고 음식하고 설거지하고 몸도 씻겨 주신다고 했다. 생활지원사가 어머니 집을 주 2회씩 방문하며 말벗을 해 준 적은 있는데, 요양 보호사는 엄연히 그 역할이 달라 완전히 돌봄의 역할을 수행한다고 했다.

다 사는 방법이 있구나. 요양 보호사 선생님을 믿고 우리는 그렇게 89세 노모를 다시 3층 집으로 모셔다 드렸다. 일주일째 되던 날 요양 보호사께서 전화를 하셨다.

"어머니가 씻지를 않으세요."

아무것도 못 하게 하시고 샤워는커녕 살림에 손도 못 대게 하고 그냥 앉았다 가라고만 한다고 하셨다. 요양 보호사의 큰 임무 중 하나가 식사와 샤워인데, 매번 씻자고 말할 때마다 2일 전에 씻었고 2일 전에 갈아입은 옷이라며 손사래를 치신다고 했다. 사실은 일주일째 같은 옷인데, 겉옷도 안 갈아입으시니 양말이나 속옷까지는 진도가 나가지도 못 한다고 하셨다. 큰일 났다 싶었다. 이를 어쩌나, 이렇게 과연 팬찮을까. 제일 목소리 크고 제일 허물없이 지내시는 시누이께 전화를 드려 말씀드리니, 되돌아온 대답은 뜻밖이었다.

"내가 이따가 전화해서 한 소리 할게."

"근데 나랑 지내실 때도 일주일에 한 번 죽자고 싸우며 간신히 샤워시켰어."

"안 싸우면 한 달이 지나가도 안 씻어."

네이버에 물어보고 싶었다. 나는 시댁과의 일이 안 풀릴 때 종종 인터넷 검색을 했다. '형님과 동서', '시누이가 다섯인 시댁' 등등을 치면 뭐든 알려 줄 것만 같다. 왜 나이 들면 씻지 않는 걸까. 이것도 치매 증상의 하나인가.

그런데 저녁 설거지를 하며 다른 생각이 들었다. 어머니는 갑자기 안 씻게 되신 게 아닐 거다. 일흔이 넘으며 여든이 넘으며 씻는 간격이 하루가 이틀 되고 이틀이 삼일이 되었겠지. 그러다 보니 한 달이 되었을 테다. 하루가 이틀이 되고 일주일이 이주일이 되어 가는 사이에 나는 없었다. 나는 그때 내 삶을 살기 바빴고 그런 것들이 떠오르지 않고 눈에 보이지 않았다.

그러니 나는 어머니께서 한 달을 안 씻으시는 걸 타박할 수 없다. 갑자기 불현듯, 어머니의 일상을 망가뜨릴순 없다.

또 사실, 안 씻으시는 건 크게 문제가 아닐 거다. 함께 사는 것도 아니면서, 어머니가 안 씻으셔서 함께 사는 가족들이 불편한 것도 아니면서, 멀리서 씻으라 말아라 타박을 할 수도 없다.

사실 샤워는, 큰 문제가 아니다.

일단 어머니를, 3층에서 탈출시키는 게 먼저다.

어머니의 루틴

●

언젠가 그때가 20대였나, 30대였나. 잘 기억이 나지를 않는데 그런 생각을 한 적이 여러 번 있다.

'제발, 무슨 일 좀 안 일어나나?'

뭔가 가슴 뛰는 이벤트가 내 인생에 일어나기를 무척 기다렸다. 일상의 평화가 얼마나 소중한지 그런 건 아랑곳하지 않고 얼마나 심심했으면 그런 생각을 했을까. 아마 내가 아주 젊었을 때, 아주 편한 일상을 보내는 중이었나 보다. 아무 일도 일어나지 않는 일상이, 매일매일 똑같이 굴러가는 이 일상이 너무나 지루하다며, 제발 무슨 일 좀 일어났으면 좋겠다며 동료와 그런 이야기를 했던 기억이 난다. 그때 우리는 출근하면 기본 하루 열두 시간은 사무실에 갇혀 바삐 일했는데도(아니 그래서 더 그랬나?) 그런 생각을 했다.

하지만 노년이 되면, 내 어머니의 나이인 90쯤 되면, 반대로 무슨 일이 일어날까 두려워지나 보다. 어머니 집을 이사하려고 가족 모두가 의논할 때 제일 우려한 것도 일상의 변화였다. 치매로 진단받은 적은 없으시지만, 90이 된 노인에게 거주지의 변화는 받아들이기 버거울 것이라는 의견에 가족 모두가 동의했다. 제일 젊은 막냇동생 부부를 제외하고는.

그런데 이제, 우리도 그 우려에 동의하게 됐다.

지난 추석은 오랜만에 두 아들의 가족과 어머니까지, 총 세 가족이 한 집에서 먹고 잤다. 한 방에 한 가족씩 자기로 하고 이부자리를 폈는데, 어머니가 반복적으로 문단속을 하셨다. 젊은 자식들은 추석의 더위를 이기지 못하고 자꾸 창문과 문을 열어 대고, 나이 든 어머니는 문을 왜 자꾸 여냐며 쌕쌕 숨을 몰아 쉬시면서도 이 방 저 방 옮겨가며 닫고 닫고 또 닫고. 문단속에 대한 강박이 안 그래도 심하신데, 자식들이 와서 자꾸 열어 대니까 꽤나 스트레스를 받으셨을 거다. 결국 웬만한 문은 다 닫고 잠자리에 들기 직전, 이번엔 가족 중 슈퍼에 간 조카가 문제가 됐다.

"이 늦은 시간에 왜? 뭘 사러 슈퍼에 갔어 그래?"

반복적으로 질문을 하시더니, 걱정이 돼서 잠을 잘 수 없으시다며 올 때까지 기다리셨다.

서울에 돌아오는 길에, 남편과 나는 그런 이야기를 했다. 이제 어머니 집에 가더라도 함께 잠을 자는 것은 되도록 피하자고. 자식들이 뵈러 가면 깜짝 반가워하시기는 하지만, 채 한 시간도 되지 않아 길 막히니 돌아갈 준비를 하라고 먼저 서두르시는 걸 보면 1분이 1시간 같고 1시간이 1분 같을 때가 있으신가 보다고. 그리고 2년 전, 밤에 화장실에 다녀오시다가 넘어져 어깨가 빠졌던 것도, 사실은 닫혀 있는 창문을 닫으시겠다고(열려 있다 생각하시고) 어두운 방을 더듬더듬 찾아 들어가느라 그랬던 것이기도 하고.

얼마 전 이웃 브런치 작가님의 글에서도 비슷한 일화를 읽었다. 방범을 위해 문단속을 너무도 철저히 하시던 그분의 연세는, 내 어머니와 비슷했다. 아마도 그건 나이 드신 분들에게서 보이는 젊은 시절의 습관인 듯하다. 그렇다면 괜스레 문을 열어 '닫아야 한다'는 생각을 할 상황을 안 만드는 게 최선이다. 일상이 흐트러지는 건 불안을 높이고, 불안이 높아지니 하지 않던 행동을 무리해서 하게 되고, 그러다 보니 다시 더 크게 일상이 흐트러지는 것 같아서다. 슬픈 일만이 스트레스가 아니라, 기쁜 일도 몸과 마음에는 스트레스라는 말도 어디선가 읽은 것 같다.

어머니가 나이가 아주 많아지시면서, 나는 항상 어머니를 생각할 때 위태로운 불안감이 함께 든다. 그리고 지루한 나날들이 계속 반복됐으면 하는 바람.

아무 일도 일어나지 않아 무료했던 날들에서, 무슨 일이 일어날까 걱정스러워지는 상태로의 변화. 일상의 소중함은 왜 이렇게, 늦게 알게 되는 걸까. 아무튼 그래서, 어머니의 루틴을 되도록 지켜드리기로 우리는 합의를 보았다.

아이와 노인을 돌보는 마음
─ 존중과 돌봄 사이

●

사춘기 아들과의 하루하루가 쉽지 않다.

아직은 부모의 돌봄이 필요한 나이. 동시에 한 인격체로서 인격적 존중이 필요하기도 한 나이. 아이를 키우며, 아이가 클수록, 더 자주 고민에 빠진다. 본인의 의사를 어디까지 어떤 방식으로 존중해 줘야 할까. 친구 같은 부모, 아이와 대화하는 부모라는 이상향을 품는 바람에 보호자로서의 역할을 실패하는 건 아닐까 문득문득 혼란스럽다.

아이가 초등학교 저학년일 때 아이에게 좀 어려운 주제를 자꾸 반복해서 물은 적이 있다. 사실, 엄마 아빠도 어떤 결정이 옳을지 판단이 서지 않았기에 '아이의 의사가 중요하다'면서 선택을 아이에게 미룬 것이었다. 서너 차례 똑같은 질문이 반복되고, 각각의 선택지를 선택했을 때 어떤 장점과 단점이 있을지 설명이 이어졌는데…… 어느 날 아이가 울면서 이렇게 말했다.

"엄마, 난 그렇게 어려운 건 결정할 수 없어. 나한테 왜 자꾸 그렇게 어려운 걸 물어봐."

그때 참 부끄러웠다. 우리는 선택이 어려운 과제를 만나면, '아이의 의사도 중요하다'라는 핑계를 대며 아이에게 슬쩍슬쩍 선택을 미루기도 했던 것이다.

아이가 사춘기에 접어들며 비슷한 일들이 반복된다. 부모가 나서서 정리해 줘야 할지, 본인이 겪으며 깨닫게 내버려둘지, 그런 류의 일들. 예를 들면 공부, 친구 관계, 운동, 여가 시간, 전자기기 사용, 그런 것들.

아흔의 시어머니에게 이사라는 이슈가 생겼다. 어머니의

건강과 안전을 위한다면 이사하는 게 맞는데, 어머니께서는 이사 자체가 돈이 들어가는 이벤트라는 걸 아시기 때문에 완강히 거부하신다. 그리고 글도 모르는 어머니께서 새로운 곳으로 이사가는 게 겁나고 무섭기도 하실 것 같다. 다분히 돈을 걱정한 판단이시라면 어떻게 기짓말이라도 해서 집을 옮기게 하고 싶은 마음이 굴뚝 같았는데, 본인의 거주지를 옮기는 것에 대한 두려움 때문이라면 추진이 망설여졌다.

성인이므로 본인의 의사가 제일 중요한 것이 맞는데, 어디까지 의사를 존중해 드려야 할지 잘 모르겠다. 우리는 어머니의 의사를 항상 존중한다. 하지만 어머니의 선택이 어머니의 건강에 나쁘다면, 어머니의 생활을 불편하게 한다면, 어머니의 안전을 위협한다면, 그것도 모두 존중해 드려야하는 것일까. 시골 분이셔서, 건강이 많이 약해지셔서, 경제 관념이 30년 전이셔서, 혼자 금융 업무를 볼 수 없으셔서, 우리가 대신해 드려야 할 일들이 매우 많다. 어머니는 내 아이처럼 돌봄이 필요하다.

우리의 거짓말이 필요한 시기는 언제부터일까. 어쩌면 어머니께서도 우리의 거짓말을 기다리고 계신 것은 아닐까. 자식들에게 피해 주지 않기 위해, 물자를 낭비하지 않기 위해,

올곧은 판단을 해야 하는 마음의 짐을 90의 나이까지 지게 하는 것이 맞을까. 다섯 살 아이의 울음을 그치게 하기 위해 하는 거짓말과, 90세 노인을 이사시키기 위해 집이 곧 헐린다고 거짓말하는 마음은 다른 것일까.

90세 노모에게 여행이란 무슨 의미일까

•

일년에 한 번 정도, 어머니를 모시고 가족 모두 여행을 간다. 사실 여행이라 하긴 뭣하고, 어머니 집 가까운 곳으로 1박 2일 나들이를 간다. 우리는 가족이 많기 때문에 계획을 잡는 게 쉽지는 않다. 많은 난관이 있다. 일단 그 많은 인원이(20명은 훌쩍 넘는) 잘 곳을 구하기가 어렵고, 그 많은 인원의 먹을 것을 준비하기도 어렵다. 더욱이 팬데믹 동안에는 그 많은 인원이 모이는 것 자체가 위험이었다.

그래도, 모이기로 했다.

그래도 모이기로 한 이유는 '어머니가 연세가 많으시기 때문'이다. 하지만 내가 생각하기에 내 어머니는 '연세가 많으시기 때문에' 모이면 안 됐다. 코로나에 걸리시면 큰일이 아닌가. 하지만 가족들은 '살면 얼마나 사시겠냐'며 이번에 모이자고 했다. 나는 '어머니가 당장 큰 병에 걸리신 것도 아니고 아직 건강하신데 왜 그런 생각을 하는지 모르겠다'라고 속으로 생각한다. 하지만 나도 안다. 90세가 넘은 노인의 경우 당장 큰 병에 걸리지 않으시더라도 내일 아침을 기약하기 어렵다는 것을. 나는, 현실을 지나치게 낙관하거나 마주하기 싫어 외면하는가 보다.

90세 노인에게 여행이란 무얼까.

차를 오랫동안 탈 수 없으니 관광은 어렵다. 걷기가 어려우니 산책도 어렵다. 음식은 즐기시는 것만 마땅해하시니 새로운 음식을 사 드릴 수도 없다. 그냥 집 밖으로 나가, 내 집이 아닌 다른 집에서 무언갈 할 뿐, 여행을 갔다는 것 자체의 의미 외에는 아무런 의미도 없지 않을까.

그러다 다시 생각한다. 그렇게 생각하고자 하면, 이 세상에 의미 있는 일이랄 게 아무것도 없다. 어차피 잊고 잊힐 거, 어차피 다 없어질 거, 어차피 다 흔적도 안 남을 거. 포기하고자 할 때는 어차피 다 아무 의미 없다는 이유를 붙이고 효율을 따지다가, 집착하고자 할 때는 온갖 어여쁜 이유를 붙이며 살 것인가.

그러지 않을 거다. 나는 그러지 않기로 결정했다. 이번 생은, 다정하고 오지랖 넓게 살기로 했다. 다소 부질없고 다소 허무하고 때때로 무리하면서, 그렇게 살기로 했다. 그래서 금세 잊으실 추억을 함께 만들고 한 입밖에 드시지 못할 음식을 무리해서 만들고, 그러느라 무리하고 또 무리하며 살 예정이다. 그렇게라도, 하고자 한다. 나와, 모두를 위해.

요양 보호사의 전화가 무섭다

●

9시 수업 중인데, 어머니 요양 보호사로부터 전화가 왔다.

부재중 전화 3통.

내가 오전에는 수업 중이라 전화를 못 받는 것을 아시는데, 연달아 3통을 하셨다. 아니 사실 전화가 오는 것조차 몰랐는데, 손목의 워치를 보니 나도 모르는 새 부재중 전화 3통이 와 있다. 잠깐 당황했지만 수업이 진행되는 중이어서 어쩌지 못하는 사이 20분이 지났다. 내가 전화를 안 받으니 그사이 남편에게도 전화를 하신 것 같은데, 남편도 못 받았나 보다. 요양 보호사와 우리 부부가 함께하는 단톡에 남편이 메시지를 남겼다. 우리 둘 다 전화를 못 받은 것 같은데 무슨 일이시냐고. 그런데 답이 없다.

요양 보호사로부터 회신이 오기까지 다시 10여 분. 부재 중 전화를 발견한 후부터 30여 분 동안 가슴이 두근거리고 어지러웠다. 학생들에게 양해를 구하고 잠깐 나가서 전화 통화를 해 볼까, 남편하고는 연락이 되었을까, 중하고 급한 일이 아니라면 연달아 세 번이나 전화를 하시진 않을 텐데, 지금 내가 만약 어머니 집에 달려가야 하는 일이 생긴다면 당장 다음 시간 수업은 어떡하나, 나는 바른 정신으로 1시까지 수업을 할 수 있을까.

다행히 곧 회신이 왔고, 아침부터 수선스럽게 걱정 끼쳤다며, (멋쩍어 하시는 게 보이는) 답이 왔다. 급한 일이기는 했지만 다행히 중한 일은 아니었고, 그렇게 마무리가 되었다.

밤에 오는 전화는 모두 무섭다.

어릴 적 엄마 아빠랑 같은 방에서 잘 때, 엄마 아빠가 자다가 벌떡 일어나서 받는 전화는 다 비보였다. 아직은 혈기 왕성했고 젊었던 삼촌이 교통사고가 났을 때도, 할아버지가 돌아가셨을 때도, 작은아빠가 뭔가 일이 생겨 경찰서에 들어갔을 때도, 엄마 아빠는 어두운 방에서 벌떡 일어나 나에게 등을 보이고 앉아 낮은 소리로 전화를 받았다.

요즘은 집 전화가 없어서 다행이란 생각도 든다. 밤에 울리는 전화벨 소리를 이제 듣지 않아도 되어서. (문득 깨달았는데, 나는 집에서도 항상 전화를 진동으로 해 놓는다.)

한동안 어머니께서 새벽에 전화를 하신 적이 있었다. 새벽이라기보다는 이른 아침. 6시 조금 지나서 전화를 하셨었는데, 뭔가 골칫거리가 있으신 시절이었다. 아마도 밤새 고민하다가 막내며느리에게 무언갈 당부해야지 밤새 생각하고 생각하다가 해가 뜨자마자 전화를 하신 모양새였다. 그렇게 똑같은 전화를 몇 주째 하시더니, 골칫거리가 해결되자 더는 안 하셨다.

또 언젠가 한번은 대낮에 전화가 왔었다. 현관문이 열리지 않는다고 하셨다. 집 전화로 전화를 하신 것 보니, 다행히 안에서 밖으로 못 나가시는 거였다. 밖에 산책 나왔다가 안으로 들어가시지 못하는 것은 아닌가 보다, 안도하긴 했다. 공교롭게 요양 보호사께서 타 지역에 출장을 간 날이었다. 그럼 어떡하나, 집 근처 목사님께 좀 가 봐 달라고 부탁을 드릴까, 당시에는 난처했지만 내 마음이 진심으로 궁지에 몰린 상황은 아니었던 것 같다. 왜냐하면, 어쨌든 어머니가 직접 하시는 전화는 밤이고 낮이고 새벽이고 무섭지는 않다. 그냥 어머니가 손수 전화기를 드신 걸 테니, 한 번도 무섭다 생각한 적이 없다. 그런데 요양 보호사가 하는 전화는, 무섭다.

그래서 이제, 아침 전화도 무섭다.

전화의 본래 기능은 소식을 전하는 것일 텐데, 그 소식이란 비보와 낭보 모두를 말할 텐데. 아무래도 요양 보호사가 전할 낭보가 상상되지 않아서, 그렇다.

요양 병원에 면회를 가면

·

제일 먼저 병원 입구에서 열을 재고 인적 사항을 적고, 준비해 간 키트로 코로나 검사를 한다. 실외에서 10분간 검사 결과를 기다린 후, 마스크를 쓰고 비닐 장갑을 끼고 간호사 동행 하에 어머니가 계신 병동으로 이동한다. 병동 로비에서 어머니를 만난다. 그리고 우리에겐, 15분이 주어진다.

어머니를 뵈러 가기 전에 항상 무언가를 준비한다. 만나서 같이 무언가를 먹을 수는 없으니까 가지고 병실로 들어가실 수 있는 개별 포장된 한과라거나, 두유라거나, 뭐든 실온 보관이 가능하고 상하지 않는 것들을 준비해 간다. 지난주

면회를 간 사촌 시누이가 그러는데, 두유는 너무 많다며 어머니께 '빠꾸 당했다'라고 하셨다. 그래서 이번엔 한과와 가스활명수 한 박스를 사 가지고 갔다. 다행히 이번 선물은 대번에 고맙다고 챙기셨다. 흡족한 선물을 준비해 가서 다행이다.

어머니를 만나면 먼저 걸음걸이를 살피고, 안색을 살피고, 머리카락과 눈으로 보이는 팔다리 손발을 살핀다. 나는 제일 먼저 종아리를 눌러 본다. 신장이 안 좋으셔서 순환이 잘 안 될 때는 누르면 눌린 상태로 푹푹 들어간다. 윗옷을 들춰볼 수는 없으니 겉에서 보이는 팔과 발, 목과 귀 등을 꼼꼼히 살핀 후, 이제 대화를 시도한다. 천식이 있으신 어머니께서는, 상태가 안 좋을 때면 대번에 걷는 소리와 목소리가 달라지신다. 이번에 갔을 때는 목소리는 괜찮았는데 걸을 때 과도하게 숨을 몰아쉬셨다. '이따가 간호사에게 물어봐야지.' 생각한다. 그러고 보니 걸을 때 힘을 줄 때 팔다리가 좀 떨리는 듯하다. 근력 하나는 최고인 분이신데, 밥을 못 잡수시나 아니면 뭔가 힘이 달리나, 그것도 아니면 약을 너무 많이 드셔서 그런가, 이것도 이따가 물어봐야지, 생각한다.

그리고, 안아드린다.

어머니는 귀가 많이 어두우셔서, 대화가 잘 안 된다. 밥 잘 드시는지, 잠 잘 주무시는지, 통증은 좀 조절이 되는지 등이 최선이다. 어머니는 항상 괜찮다고만 하신다. 여기가 참 좋다고, 다들 친절하다고, 밥도 맛있다고, 넓고 깨끗하다고, 목욕도 시켜주고 빨래도 해 주고 의사도 아침저녁으로 다녀간다고, 싹 나으면 집에 가고 싶다고 하신다.

어머니는 우리를 조금 거리를 두고 대하신다. 막내아들 며느리를 마치 손주처럼 대할 때가 있으시다. 큰딸에게는 하는 말을, 사촌 조카에게도 하는 말을, 우리에게는 잘 안 하신다. 우리는 너무 손주 뻘이라서 그런 것 같기도 하다. 그저 안아 주시고 사랑한다 하시고 투정은 잘 안 하신다. 나도 아는데, 그래서 서운할 때도 있었는데, 그래서 감사할 때가 더 많다. 어머니가 우리를 내외하시고 센 척하시는 것은, 어머니의 마지막 자존심 같기도 하다. 나는 그것을 존중해 드릴 마음이다. 끝까지 그러신다면, 끝까지 존중해 드릴 생각이다.

그래서, 그저 안 아드린다.

이번 면회 때는 어머니가 많이 피곤해 보이셨다. 그래서 15분만 딱 채우고 나오면서, 간호사에게 투약 상태와 진통제 투여 상태를 꼬치꼬치 물었다. 의료인도 아니면서, 원인 모를 전신 통증을 제발 아프지 않게 관리해 달라고 어머니를 병원에 모셔 놓고는, 꼬치꼬치 묻는다. 꼬치꼬치 묻고 알았다. 그새 진통제의 양과 횟수가 더 많아졌구나. 소화기계통 약이 추가됐구나. 수면제도 추가됐구나. 약이 늘어서, 약이 너무 강하니까 팔다리에 힘이 들어갈 때 떨리는 듯했고, 얼굴이 몹시 피곤해 보였구나.

요즘 이은주 작가의 《나는 신들의 요양 보호사입니다》[19] 를 읽고 있다.

요양 보호사가 해 주겠지 하고 맡겨버리면 시간을 내서 방문을 하셔도 도울 일이 없기에 금방 일어서는 경우가 있는데 부모님 의 손발톱을 깎아드리면서 간단한 스킨십을 해드리는 것도 좋 습니다.

《나는 신들의 요양 보호사입니다》, 25쪽

다음에는 손톱깎이를 챙겨 가야겠다.

배워서 된다면, 나는 책으로 배우는 능력이 다행히 충분 히 있으므로, 당분간 더 많은 돌봄에 관한 책을 읽어야겠다

---

19 이은주, 헤르츠나인, 2019

고 생각한다.

그리고 가서, 충분히 안아드려야겠다.

요양 병원에 대한 말말말

●

많은 매체에서, 많은 지인들이, 요양 시설에 대한 이야기를 전한다. 상상하는 것도 힘들어 외면하게 되는 사실들도 많고, 반대로 기대해 봐도 좋을 것 같다는 생각이 드는 소식들도 많다. 여기서 기대한다는 것은, 희망이라기보다는 차악을 선택해야 하는 입장에 놓였을 때를 말한다. 집에서 가족들과 있으면서 통증이 제어되지 않아 고통스러운 날들을 보낼 것인가, 아니면 요양 병원에 들어가 진통제를 최대한 쓰면서 정신이 혼미하고 외롭더라도 고통만은 없게 마지막을 마무리할 것인가 그런 갈림길에 놓인 경우.

요양 병원에 대하여 야무지고 영리하게 보호자의 태도를 갖추어야 한다는 조언. 집에 혼자서 계시게 하느니 병원에 들어가 안전하게, 비슷한 또래들과 여러 가지 취미를 하며 아침 저녁으로 건강 관리를 해 주는 게 차라리 덜 외로우실 거라는 위로. 다 괜찮고 다 좋다는 보호자 마음 편하라고 하는 말들을 믿으면 안된다는 충고. 그리고 잊을 만하면 매체에 나오는 요양원에서 일어나는 많은 사건 사고들.

나에게 있어 가장 마지막까지 머릿속에 남았던 말은, 거기 들어가면 죽는 날만 기다리게 된다는 그것이었다.

우리 어머니의 경우 살던 집도 정리하고 들어가셨으니, 그리고 3개월 후인 지금은 나오기 힘들다는 것을 본인이 받아들이시게 되었으니, 예고된 수순인지.

요양 병원에 들어가신 지 불과 한 달 남짓 지났을 때, 어머니께 소변줄을 꽂아야겠다는 연락을 받았다. 그리고 나는 나쁜 생각이 들었다. 어머니의 안전을 위해 꽂겠다는 의도는 이해했지만, 그것은 관리하는 사람들의 안전을 위한 것이기도 하니까, 과연 그 판단이 옳은 것인가. 소변줄을 꽂으시면 급격히 거동의 제약이 있으실 테고, 그렇다면 누워만 계실 테고, 결국 움직임이 줄어들면 근육량도 줄어들고, 점점 침대에만 붙어 계시게 되는 건 아닌지. 이건 굉장히 큰 결정이 아닌가.

우리의 많은 생각과 달리 인지가 좋으신 어머니께서는 본인이 거부하셨고, 그 고비도 이겨내셨고, 씩씩하게 본인이 직접 화장실에 다니시기로 했고 그렇게 정리가 됐다. 그 소동이 일단락되고 나서, 나는 또 검색할 것과 자문을 구할 것이 늘어났다. 그런데, 그렇게 검색의 검색을 거듭하며 지내던 어느 날. 내가 글을 쓰는 브런치라는 플랫폼에서 요양 보호사 분들의 글을 접하면서, 나는 다소간 마음이 놓였다.

어머니가 요양 병원에 입소하시면서 읽었던 이은주 작가의 책《돌봄의 온도》와《나는 신들의 요양 보호사입니다》로, 처음 요양 보호사의 말을 듣게 됐다. 그리고 찾아보니 브런치에도 요양 보호사로서 글을 쓰는 분들이 계셨다. 그리고 요양 보호사들을 위한 글쓰기 수업이 있다는 것도 알게 됐다. 자신의 직업인으로서의 삶을 글로 쓰는 사람들이라면, 나와 비슷한 사람들 아닌가. 그들은 나처럼 본인의 직업에 애정이 있었고, 관계하는 사람들과 울고 웃었고, 그리고 요양 병원 안에서 본인 인생의 어느 날을 지내고 있었다.

그렇다면, 좀 마음이 놓일 것도 같다.

나의 낙관이 어느 날은 또 순식간에 비관으로 바뀌겠지만, 일단 지금은 이렇게 낙관을 택한다.

오랫동안 어머니를 돌봐 주신 사촌 시누이와 오랜만에 통화를 했다. 일하면서 주말마다 내려오기 힘들 텐데, 너무 애쓰지 말라며 이런저런 말을 해 주셨다.

"어머니가 보고 싶어서 가요."

시누이가 울컥하길래, 나도 울컥했다.

요즘 그런 날들이 지나가고 있다.

노년을 읽습니다

《두 늙은 여자》[20] _ 지혜와 지식과 개성을 가진 연장자들

'두 늙은 여자'라.

책 제목을 보고 참 도발적인 제목이라고 생각했다.

보통 나는 '늙은'이라는 단어를 별로 좋아하지 않는다. 너무 실제적인 것 같기도 하고 단어가 곱지 않다고도 생각한다. 그래서 '나이가 든', '나이가 좀 있는' 등 의도적으로 바꿔 말해 온 편이다. 그런데 이 책은 오히려 내가 기피하는 단어인 '늙은'이라는 단어를 사용함으로 인해 신선함이 있어서 선택하게 되었다. 그리고 나도 이제 '늙다'라는 단어를 '나이가 어리다'처럼 자연스럽게 사용해 보기로 했다.

반갑게도 번역자가 김남주 님이었다.

내게 로맹 가리의 책을 번역했고, 《나의 프랑스식 서재》를 쓴 저자로 기억되고 있는 번역가. 이렇게 책과 책 사이에 나만의 연결 고리를 찾을 때 참 설레고 기쁘다.

20 벨마 월리스, 이봄, 2018

이 책을 읽으면서 나는 '알래스카 인디언', '그위친족', '사향 쥐', '연어 껍질' 같은 신기한 단어를 많이도 검색해 봤다.

지혜와 지식과 개성으로 내게 큰 감명을 준, 내가 알아온 모든 연장자들께 이 책을 바친다.

—벨마 윌리스 Velma Wallis—

참 아름다운 말이다.

우리 시대 중 누가, 한 치의 망설임 없이, 연장자에 대해 이렇게 말할 수 있을까.

이 책은, 늙고 나약해져 부족의 생존을 위해 버림받은 두 여인이, 용감하고 당당하게 살아남아서 자신들의 쓸모와 몫을 다하여, 다시 부족에게 환영받고 인정받게 되는 이야기이다.

그런데 이 두 늙은 여자에게는 당시 사람들과는 좀 다른 특이하게 여겨지는 성격적 결함이 있었다. 그들은 끊임없이 여기가 아프다, 저기가 쑤신다고 불평을 해댔고, 자신들이 늙고 약하다는 것을 과시하기 위해 언제나 지팡이를 짚고 다녔다.

《두 늙은 여자》, 17쪽

나는 이 책에서 특히 이 부분이 참 마음에 들었다. 늙은 사람들의 공통적 특성을 단지 그 두 여인의 '성격적 결함'이라 이야기한 것. 이것은 노인에 대해 전체를 대상화하는 부정적 접근을 미리 차단한 것이다.

부족의 생존을 위해, 이동하는 삶을 지속하기에 너무 늙어 버린 두 여인은 버림받게 된다. 하지만 두 여인은 "뭔가 해 보고 죽자"라고 결심하게 되고, 70대와 80대 두 여인은 다시 젊은 날 그랬던 것처럼 사냥하고 야영하고 낚시를 한다. 그리고 말미에는 오히려 두 여인이 기근에 시달리는 부족을 돕게 되고 신뢰와 사랑 하에 부족 속으로 돌아가는 해피엔딩으로 끝이 난다.

지은이 벨마 월리스는 이 책의 두 여인과 같은 그위친족 출신인데, 책 끝에 그위친족의 (현대의) 근황에 대하여 나와 있다.

"어쨌든 그들은 이제 더이상, 이동 생활은 하지 않는다고 한다."

노년을 읽습니다

《예순 살, 나는 또 깨꽃이 되어》[21] _ 노년기 일하는 여성의 르포 에세이

이순자 작가의 글 '실버 취준생 분투기'는 2021년 매일신문 시니어 문학상 논픽션 부문에 당선됐다. '시니어' 부문이니만큼 당선 당시 작가의 나이를 찾아보니 69세였다. 현재도 노동 중이신지 궁금했는데, 조금 더 기사를 찾아본 후 알았다. 당선 직후 돌아가신 것을. 만약 건강하게 조금 더 사셨다면, 노년에 대한 더 많은 아름다운 글들을 쓰시면서 신명나게 사셨을 텐데, 섭섭하고 안타깝다.

나는 이순자 작가와 그분의 글과 책을 작가를 그리워하는 많은 독자들의 글을 보고 나서 알았다. 먼저 당선작인 '실버 취준생 분투기'를 읽어보고, 첫 책인 《예순 살, 나는 또 깨꽃이 되어》를 구입해 봤다. 책은 작가가 세상을 떠난 후 따님이 낸 유고집이다. 작가의 글을 읽기 전에는 어떻게 단 한 권의 책으로 이렇게나 많은 독자를 남기셨을까 생각했다. 그런데 글과 책을 읽으며, 나

---

21 이순자, 휴머니스트, 2022

또한 그분을 그리워하는 독자 군단에 함께 들어섰다.

우연인지 모르겠는데 브런치에 글을 쓰면서 나보다 젊은 사람들의 글도 많이 접하고 나보다 나이가 많은 분들의 글도 많이 접한다. 브런치의 여러 가지 좋은 점 중의 하나가, 오로지 글에만 집중할 수 있는 것이다. 나와 연령대가 다른 사람의 인생은, 보통 유명인을 통해 본다. 하지만 브런치에서는 수많은 평범한 다른 인생들을 오직 글을 통해서 보니, 소셜 미디어로 보는 것과는 다르게 몰입이 된다. 그리고 보는 사람인 내가 다소 순수한 상태인 것도 같다. 뭔가를 글자만으로 읽으니 진지해지기 때문이다. 그래서 나는 요즘 다른 사람의 인생을 글로 보는 것에 매우 익숙해졌고 이순자 작가의 글 또한, 그렇게 이웃 브런치 작가님의 글을 읽는 마음으로 읽게 됐다.

작가가 책에서 언급한 여러 가지 직업들을 정리해 보니, 다음과 같다. 62세부터 65세 사이에 있었던 일이라 하는데, 시니어의 취업 도전 르포를 보는 느낌이었다.

1. 수건 개기
2. 백화점 지하 식품부 청소
3. 건물 청소

4. 어린이집 주방 선생님

5. 아기 돌보미

6. 요양 보호사

7. 장애인 활동 지원사

모두 몸으로 하는 노동이고, 모두 60대의 (건강이 별로 좋지 않은) 여성이 하기엔 벅찬 일들이다. 이후 이순자 작가는 요양 보호사 일을 좀 더 길게 하신 것 같고, 건강이 안 좋아지시면서 일을 정리하신 것 같다. 나는 작가의 글을 읽으며 몇 년 전 읽은 조정진 작가의 《임계장 이야기》[22]를 떠올리지 않을 수 없었다. '임계장'이란 '임시 계약직 노인장'의 준말인데, 작가는 본인이 아파트 경비원 일을 하면서 있었던 자전적 이야기를 에세이로 썼다. 그때 나는 《임계장 이야기》를 읽고, 어쩌면 우리 모두는 비정규직으로 시작해 한동안 정규직으로 일하다가 종래에는 다시 비정규직으로 노동의 삶을 마감하는 게 아닐까 생각했었다.

대학에는 항상 청소 노동자가 있다. 전에 다니던 회사에도 항상 청소 노동자가 있었다. 우리는 그분들을 여사님이라 부르기

---

22 조정진, 후마니타스, 2020

도, 이모님이라 부르기도, 미화원이라 부르기도 한다. 어느 날 아침 청소하시는 이모님을 유심히 본 적이 있다. 마스크를 써서인지 모르겠지만 세련된 보브컷에 늘씬한 체격에 매우 젊어 보였다. 확실하지 않지만 나이도 내 또래로 보였다. 그때까지 내 머릿속에서 청소 이모님의 이미지는 나이가 다소 있는 할머니였는데, '요즘은 젊은 분들도 청소를 하시나 보네.'라고 생각하다가 다시 생각했다. 아니구나, 내 나이가 많아진 탓도 있겠구나.

대학 졸업 후 줄곧 직업에 귀천이 없다는 마음으로 일했다. 하지만 나의 60세 이후를 아직 구체적으로 상상해 보지 못한 나도, 노년이 무섭다. 60세 이후에 내가 가난하지 않으리라는 보장은 어디에도 없다. 그래서 씩씩하고 담담하게 노동에 뛰어든 작가가 위대해 보인다.

문학에 대한 목마름으로 54세의 나이에 문학창작과 대학생이 된 작가는 정말 솔직하고 정말 정갈하고 정말 용기 있게 글을 잘 쓰신다.

이 삶의 답답한 경계를 허물 수 없어 오늘도 글을 쓴다. 글은 나의 탈출구다. 나의 슬픔, 나의 한탄, 나의 목마름, 나의 안타까움. 하지 못한 많은 말을 글로 토해내며 글로나마 나를 위로한다.

《예순 살, 나는 또 깨꽃이 되어》, 39쪽

나에게도 글이 탈출구일까, 나는 아직인데. 하지만 하나는 확실하다. 삶은 목마르다. 마음과 몸이 한곳에서, 흡족한 일상을 보내기란 생각보다 쉽지 않다. 어떤 일을 하더라도, 삶은 목마를 것이다. 그게 쓰는 삶으로 조금이나마 해소된다면, 대단한 일이 아닐 수 없다.

작가의 글은 선선히 읽혔다. 나보다 30년은 더 사신 것 같은데 인생을 바라보는 시선은 나와 비슷했다. 내가 세대 차이를 느끼지 못한 것은, 내가 고루한 사람이어서가 아니라 작가의 생각이 세련되어서다. 그리고 내가 글에서 그냥 종갓집 맏며느리의 고단했던 삶 그리고 노년의 노동이 주는 고단함뿐이 아니라 여러 가지 이야기를 읽을 수 있었던 것은 작가의 혜안이 담긴 세상에 대한 시선이 있어서다.

유고 수필집 외에 유고 시집도 있다던데, 다음엔 그 책을 읽어봐야겠다.

노년을 읽습니다

《사라지고 있지만 사랑하고 있습니다》[23] _ 어느 낭만 닥터가 쓴 책

우리 어머니가 요양 병원에 가게 된 결정적 이유는, 다발성 통증이었다.

구급차도 여러 번 타셨고, 이런저런 검사도 수시로 했지만 원인을 찾지 못했다. 배도 아프고 등도 아프고 가슴도 아프다고 하시니, 어떤 검사를 해야 할지 파악도 되지 않았다. 병원에서는 더 이상의 검사는 어머니의 컨디션이 감당할 수 없을 거라며 검사조차 권하지 않았다. 하지만 통증은 더욱 심해졌고, 나중에는 등통증을 호소하시면서 밤에도 앉아서 주무셨다. 그리고 그 과정에서 급격히 아이가 돼 가셨다.

결국, 우리는 요양 병원행을 선택했다.

요양 병원 간호사와 입소 면담을 할 때, 간호사는 어머니의 상태를 세 문장으로 요약 정리했다.

"인지 상태는 좋으시고, 정상 생활 가능. 전신 통증 있음."

---

23 장기중, 웅진지식하우스, 2021

난 그 말을 듣고 '전신 통증'이라는 병명이 있구나, 용어가 있구나, 생각하면서 이렇게 한 단어로 정리된다는 것이 조금 허탈하기도 하고 그랬다.

어머니가 입소하고 나서도 나는 계속 생각했다. 치매의 증상 중 통증이 있다던데, 어머니에게 경증 치매가 온 건가? 그렇다면 치매약을 드시면 다시 집으로 돌아올 수 있지 않으실까? 우리가 모르는 사이 대상포진이 왔다 갔나? 대상포진이 본인도 모르는 사이에 다녀가면, 그후 통제되지 않는 신경통과 전신 통증을 여생 내내 겪어야 한다던데. 바로 그거 아니었을까? 노인의 몸은 그렇게 예민하게 살펴볼 일이 없으니, 내가 언젠가 대상포진에 걸렸을 때처럼 허벅지 어딘가 살짝 수포가 올라왔다 사라진 수준이라면 어머니는 절대 알아채지 못하셨을 텐데.

어머니가 왜 그렇게 통증이 심하신지, 그건 아직도 여전히 이유를 모른다. 하지만 이제 요양 병원에서 통증 관리를 해 주니, 어머니는 안정적인 상태가 되셨고, 우리는 그것으로 만족하고 있다.

그런데 치매 노인들을 진료하는 장기중 박사님의 책을 읽다가, 나는 '이거구나' 하는 문장을 발견했다.

이런 현상은 노인 우울증에서 더 두드러진다.

이유를 알 수 없는 다발성 통증, 피부의 이상 감각, 불면, 소화

불량, 심장의 두근거림과 같은 신체 증상이 노인을 압도하고

어떤 의학적 처치로도 크게 호전되지 않는다.

고통이 사라지지 않은 상태에서 시간이 멈추는 것이다.

<사라지고 있지만 사랑하고 있습니다>, 96쪽

통증이 어떠한 의학적 처치로도 크게 호전되지 않고, 고통이 사라지지 않은 상태에서 시간이 멈춘다니. 입소 전 우리 어머니의 상태다. 그런데 이게 '노인 우울증'이라니. 뭔가 퍼즐들이 맞춰지는 것 같았다. 그즈음 우리 어머니는 반복되는 호흡곤란으로 반복적으로 구급차를 타고 계셨다. 한 달 건너 호흡곤란이라는 극한의 상태로 구급차를 탄 것은, 우울증이 오기에 충분한 경험이었다. 불면증 약을 받으러 방문했던 동네 신경정신과 선생님께서도, 그 부분을 언급하셨었다. 이런 경험을 한 노인들은 아예 병원에서 밖으로 나가지 않으려 하는 경우도 있다고. 얼마나 무섭겠냐고. 특히 천식 환자들의 경우 누우면 기침이 심해지니까 앉아서 주무시는 경우도 많다고. 천식이 호전되더라도 무의식적으로 눕는 것을 피한다고.

어머니는 요즘, 우울증 약도 드시고 불면증 약도 드시고 진통제도 드신다. 아니, 진통제는 패치로도 붙이신다. 어쨌건 이제 아프지 않아서 좋다고 하시고, 환자복을 입으셨다는 것만 제외하면, 보통의 어머니처럼 보인다. 토요일 오후와 일요일에는 면회를 할 수 없고, 휴대폰을 안 받으시니 목소리를 들을 수 없어 참 답답하지만. 아프지 않으시다니, 그게 어딘가.

정기중 박사님의 책 《사라지고 있지만 사랑하고 있습니다》에는 치매 환자와, 치매 환자의 가족과, 치매 환자를 돌보는 의료진들의 이야기가 나온다. 많은 에피소드가 나오는데, 글이 매우 서정적이다. 그래서 '의사가 글을 참 잘 쓴다'라는 느낌이 아니라, '이 작가의 직업이 의사였구나'라는 느낌이다. 본업이 작가인 것만 같은.

책에는 '동반 치매'에 대한 이야기도 나온다.
부부 중 한 명이 치매에 걸리면 다른 한 명도 치매에 걸리는 경우를 말하는 '동반 치매'.

동반 치매의 원인을 하나로 말하기는 어렵다.
미국 유타주립대의 캐시 카운티 연구에 따르면 한쪽 배우자가 치매에 걸리면 다른 배우자가 치매를 앓을 확률이 6배 올라갔다.

특히 배우자가 아내인 경우 3.7배임에 반해 배우자가 남편일 경우 11.9배로 더 위험이 높았다.

같은 책, 117쪽

어머니가 입소한 병원에도 가족 친화적 병실이 있다. 부부 모두 요양 병원 입소를 하는 경우, 그 둘은 가정에서와 마찬가지로 한 병실에 단독 입소 가능하다고 한다. 그런 케이스를 별도 공지하는 것 보면, 그런 일로 고민하는 가족이 많다는 얘기다. 평생을 함께한 둘이 떨어져야 하는 상황이라면, 엄마와 떨어진 아이처럼 둘은 서로 분리불안을 느낄 것이다. 더군다나 치매 또는 우울증이 함께 온 경우라면 더욱더.

책에서 저자는 때론 치매 어르신의 가족이 된다. 치매 어르신의 가족으로서 느끼는 혼란스러움, 상실감, 허탈감, 그런 것들을 날것 그대로 드러내는데, 진솔하고 인간적이다. 의사도 치매 앞에서는, 죽음 앞에서는, 이렇게 속수무책 슬픔을 느끼는구나 싶으면서 저자를 위로해 주고 싶어진다. 그리고 이렇게 공감력 높은 의사 선생님이라면, 덮어 놓고 믿을 수밖에 없겠다는 생각도.

　다만 공감 능력이 이렇게나 뛰어난 사람이 사람의 기억이 사라지는 것을 치료하려면, 보통 사람보다 몇 배나 많이 슬프지는 않을까. 힘에 부치지는 않을까. 그런 생각도 들어서, 결국 이렇게 쓸 수밖에 없겠구나, 작가가 될 수밖에 없겠구나, 나는 그런 결론을 냈다.

5장

우리들의

말

가족의 마지막을 보면서

어머니께서 올해 들어 세 번째 폐에 물이 찼고 네 번째 구급차를 타셨고 여섯 번째 응급실을 찾으셨다. 그 과정에서 나는, 가족의 마지막을 함께 지내 낸다는 것은 진정 짐작하기 어려운, 어마어마한 일이라는 것을 알게 되었다. 사람은 경험한 것에 한하여 공감할 수 있다는 진리를 다시 한 번 깨닫기도 했다. 직접 경험하고 부딪히며 깨닫는, 내 사람의 마지막 나날들.

나는 가족이 참 많다. 나이 서른이 되며 시누이가 다섯 생겼고 아주버님이 하나 생겼다. 그들은 모두 평균 4인의 가족을 꾸렸는데, 큰 조카들은 이미 결혼해서 또다시 4인 가족을 꾸렸다. 어마어마한 대가족이 아닐 수 없다. 가족들은 모두 성정이 유순하고 모여 노는 걸 좋아하는데, 1년에 한 번 많으면 두 번 만나는 나를(올케이자 숙모이자 재수씨이자 처남댁이자 동서인, 그리고 할머니인 나를) 살갑게 환대한다. 항상 그랬다.

어마어마한 인원이 모인다는 사실만으로도 이미 지친 나는, 모임을 준비하는 순간부터 기가 질려서 병이 나곤 했다. 지금은 그래도 아이도 크고 내 나이도 꽤 많아졌고 마음의 여유도 생겼지만, 30대 청춘의 나는 그런 만남들이 좋지만은 않았다. 그냥 그것 또한 내가 깨야 할 퀘스트 중 하나였다. 집에 쌀 떨어진지도 모르고 사는 와중에 이런저런 시댁 행사에 참석하는 것은 또 하나의 업무 같았다.

하지만 늘 그렇듯 그들의 환대는 나의 못난 마음이 부끄러웠다는 생각이 들 정도로 내게는 차고 넘쳤고, 헤어질 때는 심지어 다음 만남을 기대하기도 했다.

그리고 이제는.

시누와 아주버님과 나의 많은 그들이 늙고 나도 나이 들면서, 나에게는 슬플 일들도 두 배 또는 몇 배 많겠구나 생각하게 됐다. 코로나가 와도 어머니가 요양 병원에 들어가서도 시간은 차곡차곡 가고, 언젠가 나의 그들도 늙을 테고 우리는 순서 없이 마지막을 맞이할 테고.

환대해 주는 사람이 남들 보다 곱절이나 많은 나는, 버거운 이별을 곱절이나 많이 하게 되겠구나. 망연한 마음으로, 어머니를 떠올려 보는 밤이다.

우리의 엔딩은

•

안다. 우리의 엔딩은 이별이다.

감사할 일은 어머니가 91세가 되심에도 아직 이별하지 않은 것이고, 슬픈 일은 아마도 곧 그날이 온다는 것이다. 그 와중에 덜 억울한 것은, 우리는 언젠가 모두 이별한다는 생의 공평함이다.

92세 시어머니를 모시는 60세 시누이가 말한다. 이제 요양 병원에 모셔야겠다고. 우선 삼시세끼 밥 챙겨 드리는 게 너무 힘에 부치고, 본인을 힘들게 하는 90 노인의 (점점 까탈스러워지는) 성정에 대한 것은 차치하더라도, 고상하게 말할 수 없는 실제적인 문제들(이를테면 대소변 문제)에 부딪치고 있다고. 어머니가 제발 본인을 요양 병원에는 보내지 말아 달라고 부탁하시지만, 정말이지 이제 너무 힘이 든다고.

96세 아버지를 모시고 있는 60대 외삼촌 부부는 말한다. 1년 전 코로나 와중에 각종 질병과 치매를 감당할 수 없어 아버지를 잠깐 요양 병원에 모셨는데, 두어 달 만에 집으로 모셔 올 수밖에 없었다고. 아버지를 더 이상 거기에 두면, 곧 돌아가실 것 같았다고. 그리고 다시 집으로 오신 지금, 몰라보게 건강해지셨다고. 요양 병원에 두지 않길 정말 잘했다고.

91세 어머니께서는 나와 단둘이 되면 꼭 이야기하신다.

"빨리 죽었으면 좋겠다."

"왜 이렇게 안 죽고 느이들 구찮게 하는지 모르겠다."

어머니 말씀의 행간에서 나는 민망함을 읽는다. 나이 든다는 것이 창피한 일인가. 세상 모든 사람들은 오래 살려고, 건강하려고, 운동도 하고 나쁜 음식도 안 먹고 건강검진도 하는데. 건강하게 오래 산다는 게 왜 부끄러운 일인가. 장수 집안이라고 하면 주변에서 다들 은근히 부러워하는데, 왜 장수하는 당사자는 이렇게 떳떳하지 못한가.

주변에서 노부모에 대한 이야기를 할 때, 나는 내 어머니와 나의 결말에 대해 생각한다. 어떻게 하면 조금은 덜 슬프고 편한 엔딩을 만들 수 있을까. 이별은 슬픈 일이지만, 조금 덜 슬픈 방식과 조금 덜 힘들 방법은 있지 않을까. 지금껏 살아오며 도움이 됐던 나의 잔머리가, 그 분야에도 역시 효과를 발휘해야 할 텐데. 언젠가 나도 사람들이 말하는 그런 실제적인 문제에 맞닥뜨리면, 그렇다면 과연 나는, 어머니의 존엄을 지켜드릴 수 있을까. 어머니와 나는 끝까지, 서로를 사랑할 수 있을까.

돌봄에 대하여 사회에서 많은 이야기가 오고간다. 아이를 돌보는 것이, 노인을 돌보는 것이, 더 이상 가족만의 의무가 아니라고 다들 이야기한다. 하지만 한 가족에서 아이를 돌보는 일, 노인을 돌보는 일이 그렇게 반복해서 발생할 일은 아니다. 계절처럼 반복되지 않고, 그냥 그 시절은 딱 한 번뿐이다. 그러므로 우리 모두는 어떤 돌봄의 상황에 직면했을 때 경력자가 아니다. 베테랑일 수 없다. 어떡해야 하나 우왕좌왕할 수밖에 없다. 많은 시험에 들 수밖에 없다.

엄마, 올해 넘기실까?
─ 둘째 딸의 말

●

가족 단톡방에 요양 병원에 계신 어머니의 사진이 공유된 다음 날 새벽 6시, 눌째 시누이에게서 전화가 왔다.

출근 준비로 전화를 못 받았더니, 재차 전화가 왔다. 전화가 연결되자마자 하시는 말씀, "엄마, 올해 넘기실까?"

나는 이런 말을 들으면 덮어놓고 시누이들을 위로하고 싶어진다. 잘 알지도 못하면서, 나는 그분들보다 나이도 한참 아래면서, 가족 중 누구를 먼저 떠나 보낸 경험도 없으면서, 덮어 놓고 "아이고, 무슨 말씀이세요."라고 말하면서, 그런 염려는 넣어 두시라고 눙치느라 바쁘다. 그리고 머리 속으로 생각한다. 나는 시누이들의 이런 말을 몇 번이나 들어 왔다. 그렇게 한 해, 두 해, 몇 해를 지냈다. '나이가 아주 많으시니까'라는 이유로 어머니의 끝이 곧 오리라 짐작했던 것은 우리의 큰 패착이었다. 그러므로 제발 속단하지 말자. 미리 불안해하지 말자.

하지만 내 말은 내 말이고, 둘째 시누이는 뒤이어 이런 현실적인 말을 한다. 주변에 노인들을 보면, 돌아가시기 전에 폐에 물이 차는 일이 반복된다고(우리 어머니도 요양 병원에 들어가시기 전 몇 달간, 폐에 물이 차서 입퇴원을 반복하셨다). 모두 마지막에는 심장이 문제라고(반복적으로 호흡곤란이 와서 입원을 하게 되니 우리는 천식이 범인이라고 생각했는데, 결국 심장 이상이었다.). 그리고 많은 노인들이 돌아가시기 전에는 얼굴이 그렇게 붓더라고(요즘 어머니는 얼굴이 많이 부으시는데, 그게 사진에서도 느껴진다). 예언처럼 딱딱 맞아 떨어지는 시누이의 말. 시누이의 말이 내 말보다 신빙성이 있다는 것을 나는 안다. 하지만 시누이가 그런 말을 하긴 하지만 '내 말이 맞지 싶다'라는 마음이 아니라, 본인의 불안한 마음을 가족인 나에게 전하는 것이라는 것도 안다.

우리는 모두 그냥, 불안한 것이다. 그래서 뭐든 입 밖으로 꺼내 보는 것이다. 요양 보호사로 일하는 시누이는, 많은 노년과 많은 죽음을 봤다고 했다. 그 경험에 입각해 어머니에 관계된 많은 것들을 척척 해 내시고 예감하고 준비하신다. 한번은, 꽤 긴 입원 생활 후 몸이 호전되어 퇴원하신 어머니께서 뭔가 모르게 기분이 나빠 보인다고 하는 내게, 이렇게 말씀하신 적이 있다.

"기분이 나쁠 거야. 하지만 말로 표현을 못 하는 거지."

딱히 어디가 어떻다고 설명하지 못하겠지만, 고된 병원 생활 끝에 퇴원한 지금. 몸이 회복됐더라도 그건 회복이 아닐 거라고. 여기저기 많이 불편하고 그래서 기분이 불쾌할 텐데, 다만 말로 표현을 못 하는 걸 거라고. 그러니 표정이 좋지 않은 것이 당연하다고. 딱히 뭐라 설명할 순 없지만 불편하고 불쾌한 상태, 맞다. 긴 입원 생활 끝에 퇴원하셨으니, 눈으로 보는 수치들이 많이 좋아지셨으니, 당장 몸도 마음도 날아갈 것 같아야 한다는 생각은 아직 젊은 나의 경우다. 나는 어머니의 마음을 전혀, 가늠하지 못했다.

요양 보호사 시누이는 일하시면서 겪은 많은 경험으로, 많은 짐작을 할 수 있을 것이다. 결코 유쾌하지 않고 달갑지 않을 경험들. 연륜이라고 하기에도 노련함이라고 하기에도 어딘가 씁쓸한 경력들. 인생의 경험과 지혜가 버거운 입장에 놓인 그녀는, 인생의 장년기를 지나고 있다.

어머니를 바라보는 장년기의 자식이다.

노인네가 얼마나 힘들겠어
─ 큰딸의 말

•

어머니의 다섯 딸 중 제일 큰 딸은, 나이가 60대 중반이다. 내게 제일 큰시누인 그녀는, 종종 어머니를 '노인네' 또는 '노인'이라 칭한다. 사투리에서 기인한 언어 습관인 것을 잘 알지만, 내가 볼 때 시누이에게 어머니의 정체성은 노인이다. 남편을 일찍 떠나 보내고, 자식들을 모두 독립 시키고, 쓸쓸히 늙어 가는 어머니의 노년이 애잔한 만큼이나 공감도 크게 되나 보다.

큰시누는 다섯의 딸 중 유독 어머니와 많이 닮았다. 외모는 물론이고 성정도 한 사람 같다. 일처리가 깔끔하고, 어느 누구에게도 폐를 끼치지 않으려고 하고, 잘 참고, 가족 중에서 손꼽힐 만큼 머리가 비상하다는 점이 그렇다.

큰시누는 나를 부를 때 '자네'라고 칭하는데, 그래서인지 나는 큰시누가 내 시어머니였으면 좋겠다는 생각도 가끔 했다(죄송해요, 어머니). 큰시누가 때마다 막냇동생 가족을 살뜰히 챙겨 주시는 것이 너무 좋아, 가끔 허황된 욕심이 난 것이다. 시누이는 실제로 내 친정 어머니와 나이 차이가 별로 나지 않는다. 당연히 나와 큰 조카는 자매라고 해도 크게 이상하지 않을 만큼의 나이 차이다.

큰시누에게 내 남편은 아마도, 먼 곳에 보낸 아들 같은 동생이었을 거다. 어려서부터 엄마 품을 떠나 자란 것이 그저 마음 아픈 막냇동생. 늙어 버린 우리 어머니가 못 해 주는 부분을 본인이 해야 한다고도 생각하셨을 거다. 그래서 그렇게 막냇동생 부부를 아들 며느리 대하듯 하시며 김치를 담가 주고 반찬을 챙겨 주고 사돈댁까지 챙겼을 거다. 우리 또한, 큰시누가 진 장녀의 책임 중 하나였을 텐데, 속없이 그녀의 며느리가 되고 싶단 생각을 했으니, 참 기가 찬다.

큰시누와 어머니는 외모도 정말 비슷해서, 시골집을 종종 걸음으로 누비며 날아다니는 시누이에게서 나는 어머니의 젊은 시절을 본다. '우리 어머니도 저랬겠지.' 작은 키에 긴 팔을 휘적휘적, 동에 번쩍 서에 번쩍 무거운 물건들도 번쩍번쩍, 걷는 시간도 뛰는 시간도 아까워서 나는 듯이, 한평생 살아 내셨을 어머니.

그녀가 어머니의 마음을 헤아릴 때의 모습은, 영락없이 자매를 챙기는 동기간의 모습이다. 함께 노년기에 접어든 홀어머니가, 시누이에게는 언니 같고 동생 같고 친구 같고 그런가 보다. 시아버지가 환갑 직후 돌아가셨다고 하니, 시어머니가 남편 없이 산 세월이 30년이고 큰시누가 아버지 없이 산 세월이 30년이다. 어머니는 큰딸에게 의지하고, 큰딸은 어머니에게 의지하고, 서로 반려자의 기분으로 30년을 살았다. 그리고 어쩌면 그것은 한국의 모든 장녀들의 모습일지도 모르겠다.

그래서 그녀는, 본인도 노인이면서 더 노인인 어머니가 애달프다. 아니, 본인도 노인이기에, 더 노인인 어머니를 부모로서가 아니라 인간 객체로 여긴다.

어머니를 바라보는, 노년기의 자식이다.

여보, 내가 엄마한테 큰 실수를 한 것 같아
– 아들의 말

●

갑자기 남편이 시간이 많아진 적이 있다.

물론 좋은 일은 아니었다. 캠핑 갔다가 낙상 사고를 당해서, 시간이 필요한 외상을 조금 (아니 많이) 입었다. 두문불출 어쩔 수 없이 하루 종일 집 안에 갇혀 있어야 하는 처지가 되어 버려서 이것저것 책을 읽게 추천해 줬다. 달리 생각한다면, 이렇게 공식적이고 정당한 휴가를 가진 게 대학 졸업 이후 처음일 테니까 나름 즐길 수 있으리라 믿었다. 처음 한동안은 별 고민 없이 술술 넘어가는 소설만 추천해 줬다. 외상이지만 통증이 심하고 움직이기가 불편하니까. 정말 시간 가는지 모를 만한 이야기를 추천해 주는 게 최선이라 생각했다. 그리고 어느 정도 마음의 여유가 생긴 후에는, 생각할 수 있는 책을 추천하려고 노력했다. 그동안 일머리를 쓰느라 바빴기 때문에 분명 일하지 않는 자기의 삶이 이상하고 지적 호기심이 자극받지 못하는 상황에서 갈증을 느꼈을 테니까.

그래서 한 독서 팟캐스트에서 추천받았던 책, 《어떻게 죽을 것인가》를 추천해 줬다. 물론 남편의 나이 많은 어머니에 대해 성찰할 거리도 던져 주고 싶었다. 본인의 어머니이니까, 어머니에 대한 생각이 나와는 견줄 수 없겠지만 시각의 변화는 분명 필요하다는 생각을 자주 했다. 감정이 섞이지 않은 상태로 봐야 모든 것의 진실이 제대로 보이기 때문이다. 책을 다 읽었는지는 모르겠지만 며칠 후 남편이 나에게 말했다.

"여보, 내가 엄마한테 큰 실수를 한 것 같아."

책에서 전하는 메시지는 이렇다.

죽음을 우리보다 적은 시간 남겨 둔 노인들의 관심사는 지금 앓고 있는 큰 병(이를테면 암이라던가)의 완치가 아니다. 중병의 완치에 에너지를 허비할 시간이 없다. 그냥 오늘 하루 편안히 지내는 것. 어떤 방법으로든 통증을 줄이는 것. 남아 있는 시간을 옆에 있는 가족과 최대한 자연스럽게 맑은 정신으로 보내는 것.

확실한 건, 수술이 필요한 큰 병보다 지금 당장의 관절염 해소가 노인의 마음 관리에 더 도움이 된다는 것. 그런 것이었다. 그래? 과연 그럴까? 암이나 중증 질환보다도 허리나 다리 아픈 게 삶의 질에 더 영향을 끼친다고? 그런 것 같기도 하다. 그런 대화를 나눈 것이 내 어머니 86세 때였다. 그리고 불과 2년 뒤, 어머니는 어깨뼈 탈골과 함께 꼬박 1년을 집을 떠나 계셨다. 돌이켜 보니, 우리에게는 준비할 시간이 있었다. 책을 아무리 읽어도, 이런 메시지 하나 캐치하지 못했다.

이럴 때 나는, 내 독서의 쓸모를 회의한다.

어머니를 만난 후 16년의 시간이 흘러, 이제 내 친정 아버지도 70대 중반이 되셨다. 친정 부모님은 조금 젊은 노인이어서 그런지, 각종 건강 정보에 매우 밝으시다. 시골에서 농사짓고 사신 분들이 아니어서 그런지, 아니면 요즘 노인은 예전 노인과 달라서인지, 분명 내가 처음 뵈었던 어머니와 같은 연세가 되셨는데 그때의 어머니에 비하면 놀랍도록 젊게 느껴진다. 아마 친정 부모님 세대는, 내 시어머니 세대와는 또 달라서 그런 것 같다. 슬프지만 본인들의 노년을 상상하고, 건강한 노년을 위해 항상 준비하며 사신다.

오늘도 식사 후 천변을 걸으러 나가신 내 부모님에 비하면, 내 시어머니는 본인의 노년이 이렇게 길 줄 전혀 상상하지 못하셨다. 60대에 준비하지 못한 것을 70대에 준비하기란 어렵고 80대에 준비하기란 더욱 어렵고. 그래서 길게 남은 노년이 심심하고 귀찮고, 무언갈 바꾸는 게 새삼스럽고, 그런 생각이 종종 드시는 것 같다.

남편은 오랫동안, 80대 노인의 어머니를 가진 청년기의 자식이었다. 그래서 그랬다. 그래서 우리에게 어머니를 대하는 일은 많은 부분이 효심에 입각한 '노력의 시간'이었다. 남편도 나도 유년기를 어머니와 함께 보내지 못했기 때문에, 처음부터 우리는 청년기였고 처음부터 어머니는 노년기였다. 우리 사이에는 단절의 시간이 있었다. 그런데 이제 나 자신이 장년기에 접어들려고 하니, 이제사 보이는 것들이 있다. 하나, 둘, 셋. 점점 더 보인다.

그렇게 생각하니, 장년기에 접어든 시누이의 마음과 시선이 눈에 들어오고, 노년기에 접어든 또 다른 시누이의 태도가 내 마음에 들어온다. 우리는 각자 인생의 다른 시기를 겪고 있었으므로, 우리는 한 가족이면서도 각각이었다. 그리고 그건 당연한 것이었다.

이제 좀, 이해가 된다.

네, 공부 열심히 해요
― 손주의 말

●

내가 아이에게 물어본 적 있다.

"할머니를 생각하면 어떤 모습이 생각나니?"

"음, 앉아 계시는 모습."

"앉아서 뭐 하시던 게 생각이 나?"

"음, 앉아서 텔레비전 보시는 모습 아니면 마늘 까는."

아이가 좀 더 정성스레 자세히 표현하고자 했다면, '우두커니'라는 부사를 사용했을 것 같다. 우두커니. 가족과 함께 있을 때조차 어머니는 '우두커니' 계셨나 보다. 아이가 기억할 수 있는 나이가 되었을 때 어머니는 이미 80대 중반이었고, 곧 귀가 많이 어두워지셔서 내 아이와 많은 대화를 나누지 못했다. 그래도 아이는 항상 할머니께 전화할 때면 "저녁 드셨어요?", "네, 공부 열심히 해요.", "저도 사랑해요." 등 정성껏 대답해 왔다. 가끔은 "공부를 잘하는 건 아니지만…." 등의 말을 꺼내며 대화를 시도하는 것이 보일 때도 있었는데, 곧 어렵다는 것을 깨닫고 마음을 접는 것도 보였다. 대화할 수 없고, 내가 이 질문을 했을 당시까진 할머니와 함께 장소를 옮겨 어딘가에 다닌 적도 없으니, 아이의 기억 속 할머니는 항상 앉아 계셨나 보다. 텔레비전을 바라보는 할머니의 뒷모습. 그리고 어두컴컴한 주방 어딘가에서 끝도 없이 마늘을 까고 더덕을 까고 밤을 까 내는 할머니의 앉아 계신 뒷모습.

대화를 나눌 수 없지만, 할머니가 전화하셨다고 하면, 할머니가 너를 찾는다고 하면, 아이는 샤워하다가도 멈추고 전화를 받는다. 자신과 80살 가까이 나이 차이가 나는 분이시지만 어떤 존재인지 깊게 생각해 본 적은 없지만, 할머니가 자기를 아끼는 마음은 온몸으로 느끼는 것 같다. 그러니까 할머니가 자기를 찾는다면, 자기 목소리를 듣고도 "목사님이시유?"라고 되물을 때도 종종 있지만, 할머니의 전화라면 엄마가 그러는 것처럼 버선발로 뛰어와 받는다.

"에이, 래미안 할머니가 원주 할머니만큼의 할머니는 아니지."

아이에게 할머니 두 분의 호칭을 알려 줄 때, 굳이 '외할머니', '친할머니'라는 호칭을 알려주지 않고 사는 곳으로 이름 붙여 주었다. 외할머니는 우리와 한동네 사니까 동네 이름을 붙이기도 뭐 해서 아파트 이름으로 붙여 주고. 외할머니와 친할머니는 딱 스무 살 나이 차이가 난다. 자기가 보기에도 두 분 다 호칭은 할머니지만, 두 분은 할머니의 다른 단계를 건너고 있는 것으로 보이나 보다. '아주' 할머니와 '젊은' 할머니.

아이는 도시에 사는 외할머니에게는 뭐든 "해 주세요."라고 말하지만, 처음부터 '아주' 할머니였던 친할머니에게는 많은 것을 들키지 않으려고 노력한다. 아마도 뭔가를 부탁하기에는 너무 많이 할머니여서 그런가 보다.

"원주 할머니 보시면 큰일 난다, 남기지 말고 다 먹어."라고 말하면, 아이는 다 먹었다. 고깃국에서 무와 파만 쏙 빼고 남기고 나서도, "할머니 보시면 큰일 난다."라는 말 한마디에 꾸역꾸역 다 먹고, 먹기 싫다며 한 숟가락쯤 남긴 밥도 "할머니!"라고 말하면 다 먹어 치운다. 본인이 안 먹으면 할머니가 가져다 드실 걸 알기 때문이다. 아주 어릴 적부터 아이는, 그런 것은 본능적으로 알았다. 본인이 먹던 지저분한 상태의 잔반을 할머니가 먹게 하면 안 된다는 생각. 할머니는 음식 남기는 걸 세상에서 제일 아까워하시므로, 손주에게 더 먹으라 타박하는 거보다는 본인이 배가 불러도 끝끝내 먹어치우는 길을 택하는 분이시므로. 그렇게 먹게 하면 탈이 날지도 모르므로. 그래서 식사 후 자기 밥그릇을 보게 하면 안된다는 마음.

아이의 머리 속에 할머니가 우두커니 앉아 있는 모습으로 기억된다 할지라도, 글을 쓰다 보니 알겠다. 어쨌든 아이의 기억 속 할머니는 말도 안 통하지만 손주인 자기를 많이 아끼고 사랑하는 존재였고, 아이도 그걸 충분히 느끼고 자랐다. 그것이면 족한 것 같다.

어쨌든 75세의 나이 차이란, 서로를 이해하기엔 매우 큰 차이고 세월이니까.

에필로그

∙

∙

"도현 엄마예요, 어머니."

아침은 드셨어요? 약도 드셨고요? 숨찬 건 좀 어떠세요? 아픈 데는 없으시고요? 밤에 잘 주무시고요? 드시고 싶은 거 없으세요? 집은 따뜻해요?

제가 전화로 수도 없이 했던 말들인데, 이제는 요양 병원에 방문해야만 물을 수 있는 말들이 됐어요. 전화 통화가 가능했던 시절이, 참 그리워요.

어머니께서 요양 병원에 들어가신 지 3개월이 지났어요. 아침저녁으로 진통제를 맞으신 지도 3개월이 되었고요. 그리고 코에 산소를 꽂으신 지는 6주가 되었어요. 어머니도 다 알고 계시지요? 어머니는 셈에 밝으시고, 날짜 계산도 빠르시니, 다 알고 계실 거예요. 항상 저희는 시간 가는 줄 모르고 바삐 사는데, 어머니는 다음 달, 다다음 달, 석 달 후, 내년 봄, 그렇게 다가올 날들에 대해 이야기 하셨어요. 항상 헤어짐을 준비하시는 것 같았어요.

가끔 생각해요. 어머니를 만난 것이 어머니 나이 75세였는데, 우리는 너무 처음부터 이별만을 예상하며 산 것은 아닌가, 그런 생각이요. 어머니와 함께하는 시간이 이렇게 16년 이상 이어질 줄 알았다면, 그걸 처음부터 알았다면, 좀 더 많은 미래를 꿈꾸고 계획하고 그랬을 텐데요. '곧 죽을 거'라며 모든 걸 시작하지 않고 마무리만 하시는 어머니에게 제가 너무 쉽게 동의한 것은 아닌가 싶어요.

저는 어머니와 함께한 시간에서 그 어떤 순간도 후회하지 않아요. 저는 어머니께 충분히 사랑받았고, 저도 충분히 표현하며 살았다고 믿어요. 그러니까 어머니도 절대 아무것도 후회하지 마세요. 우리는 정말, 잘 살아 냈어요. 45년 차이 나는 고부 사이에서, 이보다 더 좋은 인연은 없을 거예요.

어머니가 자주 하시는 말씀이 있어요. 나는 많이 살았고, 괜찮았고, 하나도 아깝지 않다고. 지금 가도 하나도 아쉽지 않다고. 딱 어머니다운 말씀인 것 같아요. 매 순간 정성껏 충실히 사신 어머니. 저에게 그런 시어머니가 계시다니, 저는 참 복이 많아요.

　잘 살아줘서 고맙다고, 젊은 친정엄마가 있어 줘서 고맙다고, 아들을 낳아 줘서 고맙다고, 똑똑한 며느리여서 예쁘다고, 어버이날에 와 줘서 고맙다고, 복날에 삼계탕 사 줘서 고맙다고, 손가락이 길어서 예쁘다고, 에미는 손이 참 예쁘다고. 손주가 에미 손을 닮아 예쁘다고. 그리고 또 뭐가 예쁘다고 하셨더라. 그렇게 제가 노력하지 않은 그냥 저인 제 모습을 예뻐해 주셔서, 정말 감사해요.

　그리고 이렇게 어머니 나이 90이 되셔서는 제 꿈을 이루게 해 주셨네요. 결국 저에게 가장 큰 선물을 주셨어요. 남편과 결혼해서 저는 며느리가 되고, 작은 동서가 되고, 제수씨가 되고, 작은엄마가 되고, 올케가 됐어요. 그런 역할들이 이제는 익숙하지만 때때로 조금은 고단했는데, 어머니께서 그 모든 고단함을 말끔하게 사라지게 해 주셨어요. 제가 늘 꿈꾸던 것, 작가가 되게 해 주셨으니까요.

　감사합니다. 저는 일단 계속 잘 살아 볼게요. 어머니도 계속 지금까지처럼, 살아 내 주세요.

디자이너 nuːn
눈(nuːn)은 북 디자인을 하는 디자인 스튜디오입니다. ✉ ppiggon75@gmail.com

에디터 하순영
머메이드의 도서를 기획, 편집합니다. 머메이드는 독자의 마음에 울림이 남는 콘텐츠를 만듭니다.
📷 mermaid.jpub

연애 緣愛

1쇄 발행 2024년 2월 16일

지은이 서민선
펴낸이 장성두
펴낸곳 머메이드
※ 머메이드는 주식회사 제이펍의 단행본 브랜드입니다.

출판신고 2021년 8월 12일 제2021-000123호
주소 경기도 파주시 회동길 159 3층 / **전화** 070-8201-9010 / **팩스** 02-6280-0405
홈페이지 mermaidbooks.kr / **독자문의** mermaid.jpub@gmail.com

소통기획부 김정준, 송찬수, 이상복, 박재인, 김은미, 송영화, 배인혜, 권유라, 나준섭
소통지원부 민지환, 이승환, 김정미, 서세원 / **디자인부** 이민숙, 최병찬

용지 에스에이치페이퍼 / **인쇄** 한승문화사 / **제본** 일진제책사

ISBN 979-11-977723-6-8 03810
값 16,800원